拼团人生

无关爱情的同居生活

[韩]金荷娜（김하나）
[韩]黄善宇（황선우） 著

姜玲 译

中信出版集团｜北京

图书在版编目（CIP）数据

拼团人生：无关爱情的同居生活/（韩）金荷娜，（韩）黄善宇著；姜玲译. -- 北京：中信出版社，2022.10
ISBN 978-7-5217-4446-0

I. ①拼… II. ①金… ②黄… ③姜… III. ①随笔－作品集－韩国－现代 IV. ①I312.665

中国版本图书馆CIP数据核字（2022）第089246号

여자 둘이 살고 있습니다.
Copyright © 2019 by 김하나 (金荷娜), 황선우 (黃善宇)
All rights reserved.
Simplified Chinese copyright © by CITIC PRESS CORPORATION
Simplified Chinese language edition is published by arrangement with Wisdom House, Inc.
through 連亞國際文化傳播公司

拼团人生：无关爱情的同居生活
著者：［韩］金荷娜 ［韩］黄善宇
译者：姜玲
出版发行：中信出版集团股份有限公司
（北京市朝阳区惠新东街甲4号富盛大厦2座 邮编 100029）
承印者：河北赛文印刷有限公司

开本：880mm×1230mm 1/32 印张：8.25 字数：250千字
版次：2022年10月第1版 印次：2022年10月第1次印刷
京权图字：01-2022-4707 书号：ISBN 978-7-5217-4446-0
定价：59.80元

版权所有·侵权必究
如有印刷、装订问题，本公司负责调换。
服务热线：400-600-8099
投稿邮箱：author@citicpub.com

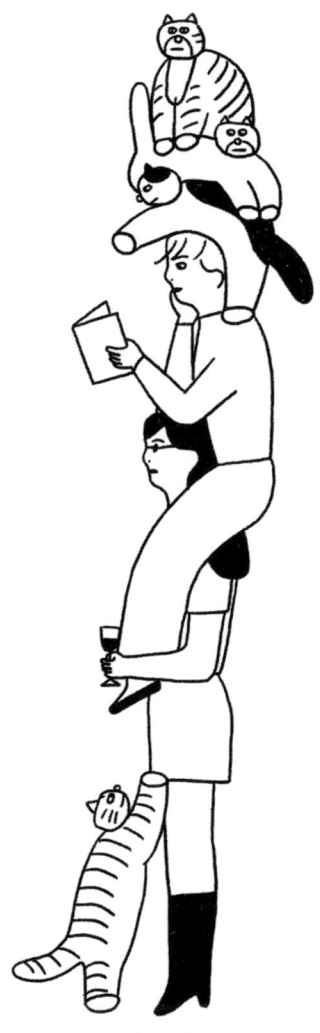

我们的家

荷娜的家

善宇的家

干得不错

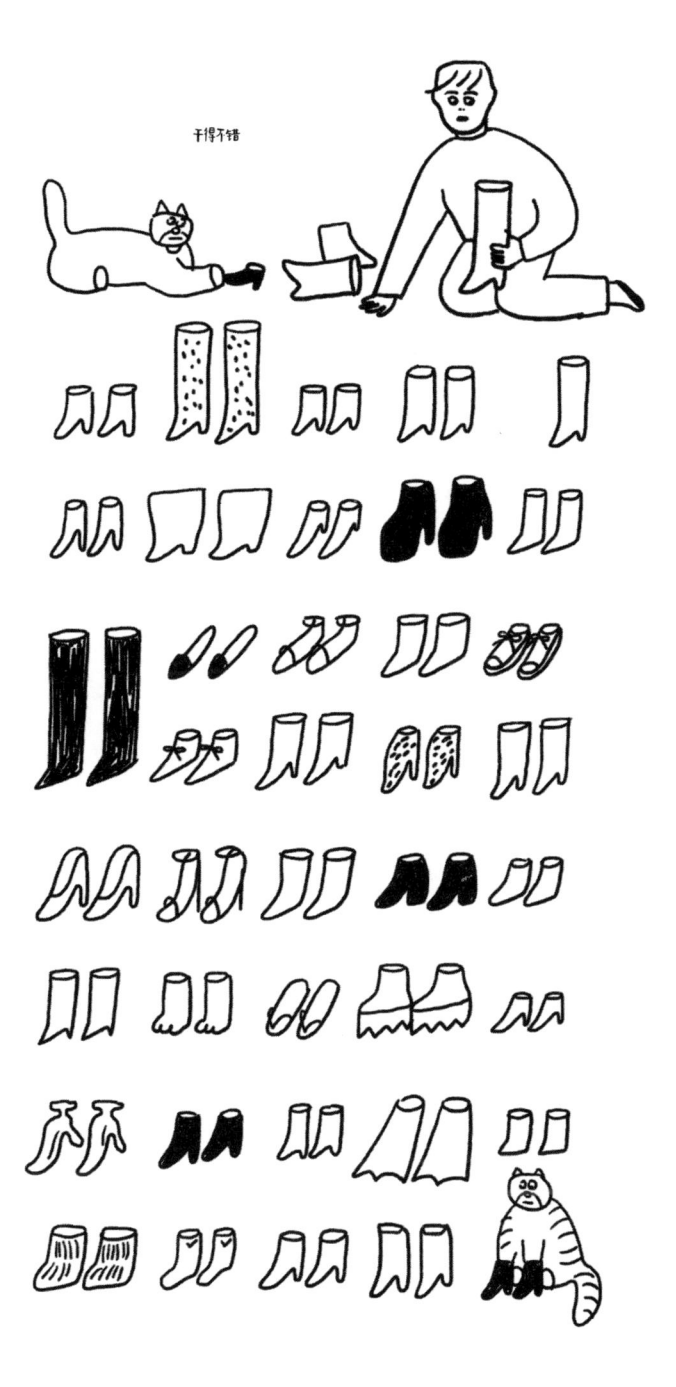

我们的家

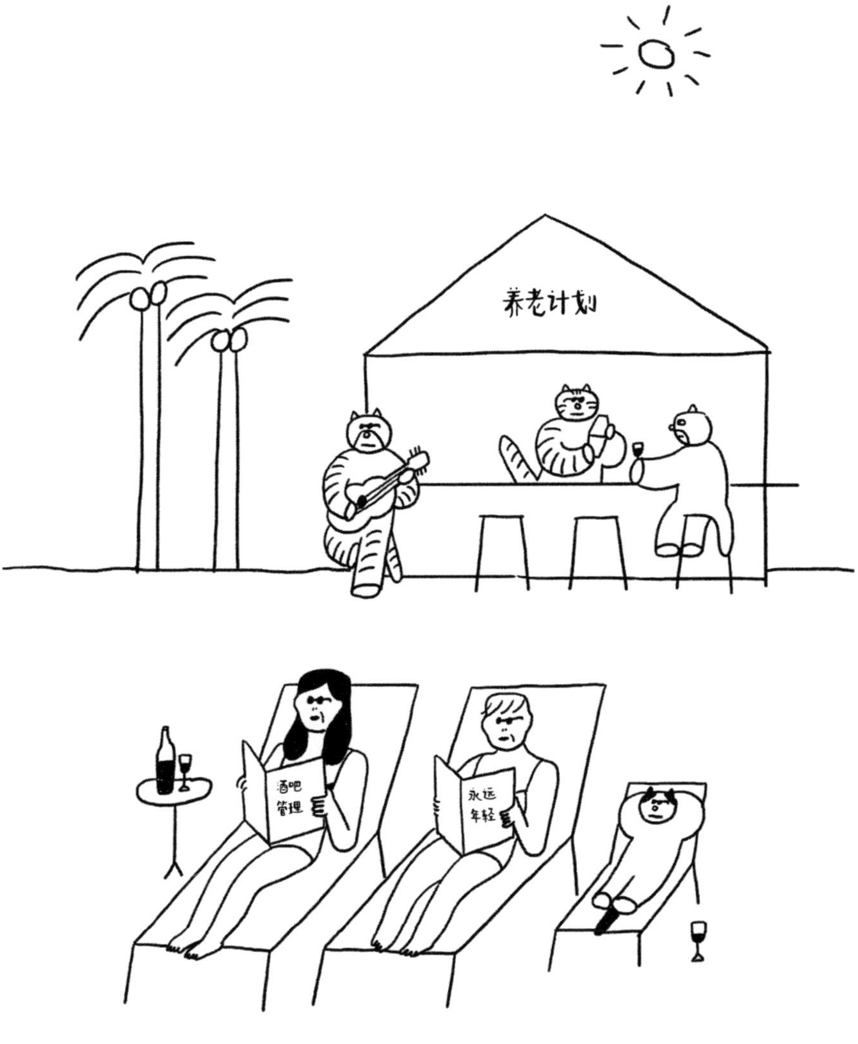
养老计划
酒吧
管理
永远
年轻

演员表

哈库　　　荷娜　　　跳跳虎

吾郎　　　善宇　　　永裘

目录

一个分子家庭的诞生　　　　　　001
登临独处巅峰　　　　　　　　　005
如若是她呢　　　　　　　　　　010
他人即异国　　　　　　　　　　014
令我一见倾心的望远酒吧　　　　018
截然不同的人　　　　　　　　　023
不容错过的公寓　　　　　　　　027
太阳的女人　　　　　　　　　　032
我也曾想过结婚　　　　　　　　036
抱紧胆小鬼的大腿　　　　　　　039
从容的负债者　　　　　　　　　043
贷款催人上进　　　　　　　　　047
新上任的装修总监　　　　　　　051
那些不结婚才知道的事　　　　　056

独居何时会成为独身	061
拒绝断舍离的人	065
像鸟巢一样的家	071
家养精灵"多比"的诞生	075
两种人生的碰撞	081
吵架的技巧	084
"特福大战"与生日宴	089
相像的脚指头	094
大家庭的诞生	100
遗传母亲的基因	103
有口福之人的秘诀	107
交换圣诞礼物	110
新年第一天	113
幸福是黄油	118
五百韩元的咨询	121
生活在两个世界的我们	126
用金钱换取家庭和平	129
内人和外人	133
都市酒鬼女青年	177
我们的养老计划	180
望远运动俱乐部	184
需要男人的时候	191
我的主监护人	196

我们都是女婿	201
咫尺之遥	204
重温独居的一周	207
破坏之王	211
同居真好	215
望远洞的小日子和自行车	221
如果我们就此分离	225
小家庭与大家庭	229
常伴我身侧便是家人	234

金 × 黄

一个分子家庭的诞生

一个人至少要曾独居十年,才有资格说自己适合一个人生活。起初我很享受一个人的生活,其间也曾与好友合租,可若彼此性格与生活习惯稍有不合,就会在共享一个并不算宽敞的空间时感受到诸多压力。我曾以为在独属于自己的空间里,从地垫的选择、晾衣方式到书的摆放,每一个细节都要由我掌控才算舒心。然而这般过了十多年后,心中似乎又积蓄了另一种压力。那天,我回到釜山父母家。第二日清晨,厨房传来窸窸窣窣的声音,掺杂着汤水咕嘟咕嘟的沸腾声,还有摆放碗筷的声音。我在这样的声响中悠悠醒来。空气中弥漫着饭香和汤的味道。沉浸在这般声响和味道中,我感到好不温暖、惬意。可突然间又忍不住鼻子一酸,想到在每一个独自醒来的静谧清晨,我是否都未曾感受到这样的温暖?这一天的清晨之后,我才意识到独居要消耗多少能量。我的许多能量都在不知不觉间,于每一个辗转反侧、充斥着不安的夜晚消耗殆尽。或许就是在这一刻,我的孤独感战胜了独居所带来的轻松与快乐。

为此选择结婚,似乎并不是个明智的选择。一个人若只是为了摆脱孤独而选择进入婚姻,面对婆家与男权主导下的家庭,无异于一头跳进孤独的深渊。当然,如果突然出现一个令我神魂颠倒、甘愿为其做这等傻事的男人,就另当别论了。然而我很清楚,这也并非我所求。所以就这样,我开始探索另一种生活方式,比如试探我的好友是否愿意与我同居,也去了解共享住宅[1]。最后在机缘巧合下,我遇到一位志同道合的朋友,我们俩一拍即合,从此就开启了同居生活。我们是釜山老乡,都各自独居了很久,彼时都在寻找独居和结婚以外的新的生活方式,并且各自养着两只猫。在银行的帮助下,我们共同购买了一套宽敞的房子。这对我们来说好过两人各自独居。比起各自住在负担得起的那种厨房、卫生间、玄关全部挤在一起的三四十平方米的紧凑型小房子,共享一个约一百平方米的房子显然更为舒适。四只猫也放开了手脚,开始在前所未有的大空间里撒欢儿、玩耍。最重要的是家里有浴缸了。住在适合独居的小房子里,我其实没有太多抱怨,唯有没浴缸这件事令我颇为遗憾。

---

[1] 共享住宅(sharehouse):指和多人共享住宅,每个人拥有独立的就寝空间,但共享除此之外的客厅、厨房、卫生间等设施。不同于普通合租,共享住宅一般由公司来运营,住户可多达数十人,且运营公司会为住户提供全程式管家服务。

我与这位同居人已经一起生活两年有余。满意度自不用说，在家务的分配上我们也形成了一种绝妙的默契。我的同居人负责做饭、搞乱房子、洗衣服，而洗碗、打扫房间、收叠衣物则归我。当我晚上躺在床上，想到家里还有另外一个人，就会没来由地感到放松。清晨我们会在对方发出的细微声响中自然醒来。每天都会有日常交流："睡得好吗？""你回来了？我出去了！"……这些都让我们的生活有了温度。在我一个人生活时，我要很努力地"保持情绪的温度"，但变成两个人生活后，我不再需要格外关照它。显然，我还可以泡个热水澡来"保持身体的温度"。

最棒的莫过于我们依然是"单身"。逢年过节，我们会各自回家或问候自己的父母。我们同居后，双方父母很满意也更安心。同居人的妈妈做得一手好菜，经常会送来我喜欢吃的小菜。而我既不需要特意登门拜访，也不需要为表孝意制订一个旅行计划[1]，只需要我对美食表达由衷的赞美。可以说我拥有了单身生活的"一身轻"，也享受到了同居的好处。不可否认，我们是比较幸运的，在各方面都很契合。如果我们认定独居的另一端就是结婚，又怎么会拥有如此快活的同居生活？难以想象，那

---

[1] 韩国的一种文化，子女常会通过带父母或公婆等去旅行以表孝意。曾有一项问卷调查显示，父母在"父母节"最想收到的礼物就是"孝道旅行"，即子女带父母旅行。

将多么令人遗憾!

　　据统计,韩国一口之家的比例占总人口27%以上。一口之家就像是一个原子。一个人当然也能过得精彩。但当情绪到达某个临界点时,一个原子就可以选择与其他原子结合成分子。分子可以由两个原子构成,也可以由三四个甚至十二个原子构成。原子之间可以很紧密,也可以很松散。当今社会由一对男女紧密结合而成的家庭单位已不再是唯一的答案。未来还会有更多形态的"分子家庭"诞生。我的家庭结构应该就是W_2C_4,即两名女性、四只猫:一个很稳定的分子结构。

登临独处巅峰

随着"一人食"概念进入大众视野，有关其等级划分的文章开始在网络上流传。在便利店独自吃泡面或是在家庭式餐馆[1]吃饭时都有相应的等级。这于我可不算新鲜，一个人吃饭对我来说早已是稀松平常了。一个热爱美食的人，如果独自生活了二十多年，势必会完成进化，即无论有没有人陪，都会好好吃饭。何况当没有人愿意为你的撒泼打滚买单时，除了长大，别无他选，要么自己动手做，要么自己在外面吃。当你被饥饿感和食欲支配，无暇顾忌他人的视线时，一人食也不再是什么难事，甚至还成了一种享受。

我大四那年秋天的一次一人食，在我脑海中留下了深刻的烙印。那天我参加一家大公司的最后一轮面试后返回学校时，说不上有多饿，非要说感觉那就是弥漫全

---

1 家庭式餐馆(family restaurant)：主要以家庭单位的顾客为目标群体，特点为菜单少，氛围轻松自由。

身的虚脱感吧。我因面试时不尽如人意的回答而后悔,因表现得过于紧张而懊恼,又因终于结束而大松了一口气。各种情绪交织在一起,一波波向我袭来,蔓延到我的全身。我已预感到自己无法通过面试,也意识到这样的日子才刚刚开始,未来还会有无数个艰难的关卡等着我。一股茫然感顿时令我腿脚发软。我知道人往往要释放所有能量,才能勉力应付社会生活中的种种,而我或许是提前体验了压缩版的。那天我拿着塞了面试费[1]的信封,去了新村的一家猪肉排骨店。

即便是一人食,吃肉时也要点两人份,这是对烤盘起码的尊重。一个人生活很少会吃蔬菜,所以我吃肉时特意包了很多生菜,最后还吃了大酱汤和一碗米饭。如果是吃牛肉,那可能会让我有些为难——它熟得太快了。可猪肉不同,让我恰好能够维持用餐时的仪态。肉很香,更重要的是它就像胶原蛋白,让因面试失败而萎靡的我都瞬间饱满了起来。如我所料,我最终没有被录用。但我还是有所收获的。我领悟到一个人在身心需要补充能量时,更要好好吃饭。我在一个人昂首挺胸进烤肉店吃两人份烤肉这件事上,也更有经验了。我还学会了咽下小小的失败,并好好消化它。最后我总结了一个经验教训:"心情低落时要吃肉。"没过多久,我找到了一份杂

---

[1] 面试费:韩国的大公司一般在校招时,为对面试者抽出时间前来面试表示感谢而支付的费用。一些中小企业也会支付。

志社的工作,比那家大公司更适合我。公司聚餐、加班都带来更多跟大家一起吃饭的机会,一个人吃饭反而成为难得的安静和舒适。

而比起一人食,独自旅行的等级还要高个一两级。旅行中除了吃饭,还要自己做所有事。面对选择路线和移动方式等旅行中常常出现的选择题时,无须与他人商议,都要自己做决定。我慢慢习惯当朋友繁忙、彼此空闲时间没有重合时独自旅行。我的独处力也随之得到增强。我常在迅速判断并立即执行的过程中体会到快感,比如选择去哪一家美术馆看展,哪些遗迹景点直接略过;是选择快速直达的路线,还是绕道漫步在海边欣赏风景……那时我笃定独处就像某种秩序井然的东西一样方便、舒适且美丽。

四年前,我突发奇想,去学了冲浪。早我几周去学冲浪的朋友一直在怂恿我,更何况我还有两天的工作日假期。朋友为我推荐了江原道襄阳竹岛海边的冲浪店兼客舍。我预订了课程和住宿后,就立即驾车出发了。那里的季节更替总是比首尔快,时值晚夏与初秋之交,寒溪岭[1]透着别样的美丽。一路上我身随心动,心随景停,尽情赞叹它的美丽,只不过没有人听到。第一次接触冲浪时,我觉得新鲜、有趣。我不得不用奇怪的姿势穿上

---

1 位于韩国江原道。

或脱下紧绷的橡胶冲浪服；晒得黝黑的冲浪者在海边来来往往，渲染出了奇妙的异国氛围。周遭带给我新奇的体验。比我高出许多的冲浪板超乎想象地笨重，我将冲浪板安全脚绳系在脚踝上后，要走到海中等待海浪来临，这种反反复复的过程确实很消耗体力。在合适的海浪翻腾而来时，我要俯卧在冲浪板上顺着海浪的方向用力向前划水，让冲浪板始终在海浪前面。当海浪开始推动冲浪板时，我要迅速流畅地起身并保持平衡。有不少次我都一头栽进水里，呛了好几口海水。但当我终于成功起乘[1]时，脚踏冲浪板一路顺势滑行至近岸的那种快感简直无以名状！我玩过滑雪，也玩过滑水板[2]，但冲浪时海浪、重力、水的质感所带来的又是另一种快感。它所带来的巨大快感，足以让人不厌其烦地拖着庞大的冲浪板艰难地走进海水里，静待下一道海浪来临。

晚上等课程结束后，我当然要去尝一下东海岸有名的生鱼片。很多餐厅并不提供单人套餐，我提前问了很多家餐厅，才成功预约到一家。我独自驾车前往，美美饱餐一顿后才回到了客舍。一切都那么完美、顺利，我度过了充满新体验的三天两夜。而由始至终，我的惊叹，我的挫折，只有我自己知道。这一刻，我突然觉得差不

---

[1] 冲浪者从划水追浪到乘势起身的技巧。起乘时冲浪者要将双手移开冲浪板，迅速流畅地从卧姿一跃而起。
[2] 用快速摩托艇牵引一块滑水板，运动员站在板上随浪平衡、滑行的水上运动。

多了，够了。我一直很讨厌有些事被认为无法独自做，也因此会尝试独自去做任何事，最后做得也都足够好。但我突然就想通了——这世间也有一些事，要更多人一起做才更加尽兴、愉快。

电影《你好安妮》中，黛安·莲恩在旅途中邂逅了一个法国男人，此后整个旅程便小插曲不断，总是偏离原定计划。这个法国男人喜欢在风景如画的地方铺上野餐垫野餐。他宁愿无法开车，也坚持每一餐都搭配红酒。低效缓慢的路线让黛安郁闷至极。但同时在那些因为同行才会选择的新路线中，她遇到了令人瞠目的美丽风景。如果前往巴黎只是一路疾驰地从最快的路线到达目的地，那么电影或许一开场便匆匆落幕。正因一路缓慢绕行，走走停停，正因有了这个让旅行一次次脱离掌控和原定计划的男人，才有了故事。

如果说冲浪旅行是独处的巅峰，那么在此之后，我便是从巅峰缓缓下行，开始与朋友共同做一些事。很快，那一年的秋天，我就与另外两个朋友一起去了日本，开始了为期十天的旅行。而次年冬天，我就开始了同居生活。我依然享受一个人吃饭，也爱独自旅行时的灵活、敏捷。但我也逐渐相信，一个人做事留下的是记忆，而大家一起做事留下的是回忆。感慨也好，牢骚也罢，当它们以独白的形式塞满我的胸腔，就总是禁不住跳出来寻求回应。

如若是她呢

第一次发现黄善宇这个人是在 2010 年。那时我刚从南美旅行归来,开始玩 Twitter（推特）。当我让身边的好友推荐有趣的博主给我时,就有人将时尚杂志 *W Korea* 的编辑黄善宇推荐给我。她的账号是 @bestrongnow（很多人常误读为 best strong now）。她是一位意志坚强的女性,我对她的第一印象还不错。此后我便常常关注和留意她发布的内容,也逐渐发现此人不仅见多识广,还风趣幽默,自然对她的喜欢又多了几分。黄善宇在 *W Korea* 和各类媒体杂志上发表的文章,读之常令人感到酣畅淋漓。有好几次我感叹于作者文笔的简洁有力,好奇是谁写得如此之好时,便总能看到文章末尾处赫然写着"编辑 黄善宇"这几个字。这个常年游走于全世界、采访知名作家和明星的女人,成为我眼中闪耀着熠熠光芒的存在。

我与黄善宇第一次见面是在一个跳蚤市场,我们都是通过推特得知了活动信息。那一天我也第一次见到了平面设计师李雅丽。彼时我万万无法料到未来会与李雅丽、黄善宇住在同一个小区，甚至与后者还住在同一屋檐下。我与黄善宇的日常活动轨迹大抵相似，因而我们常在酒吧、演唱会、音乐会等不同场合不期而遇，有时也会一起玩。我们保持着一年偶遇两三次的频率，就这么过了六年。我们见面不多，却在推特上互动频繁，偶尔也会聊一聊各自养的两只猫。在那些我失眠的夜里，同样未眠的黄善宇总是能读懂我在推特上的自言自语。放在现在，我肯定难以想象黄善宇曾经是象征失眠的符号，而那时的我也正饱受失眠的摧残。

我们就这样不远不近地相处着。可随着时间推移，我越发感到惊奇——我们是如此相似！黄善宇出生于1977年5月，但身份证上是1977年6月；而我出生于1976年12月，但身份证上是1977年1月，身份证上的生日都晚一个月。我们都有生于1975年的兄长，且兄长凑巧都是叫"夏英""善英"这样女气的名字。更有趣的是，儿时兄长的美貌都压过我们一头。黄善宇上学早，跟我是同一年级。她老家在釜山广安里，我的老家在釜山海云台，因而我们童年记忆中的场景里都有著名的海水浴场。不仅如此，我们都是去首尔上大学时离开了釜山，且不可思议地考进了同一所大学的同一个学院！黄善宇读延世大学的英语专业，而我读国语国文专业。我们生活在一起后，我惊奇地发现就连细节上我们都有颇多相似之处。比如，我们在高中时都极其幸运，都是踩线进入内审[1]第一梯队，甚至如出一辙地卡在全校第八名上。（不过黄善宇高考更优秀，且整个大学四年都拿到了奖学金。反观我自己，虽在某一学期成为奖学金奖励的对象，但因为不知道需要提前申请，最终错过了奖学金。）我们都喜欢音乐，也都是爱酒之人，称得上气味相投。所以在大学时期乃至毕业后去过的咖啡店、酒吧，或是在某音乐人某一年的演唱会上，我们都多次相逢。我们还不谋而合地去过几乎所有的音乐节，如果分析我们的GPS（全球定位系统）历史记录，一定有趣极了。某些瞬间，我们必然曾在学校的走廊上擦肩而过，或是在酒吧相邻而坐，又或是在某个音乐节的卫生间同时排队，甚至坐在同一场演唱会的同一排……

现实如电影《甜蜜蜜》最后一个片段所刻画的那样，两人虽第一次相见，但已经在陌生的人群中有过无数次的擦肩。我们一边为这种种巧合感到不可思议，一边为这么多年竟互不相识而遗憾、喟叹不已。我们越是熟悉彼此，越是发现两人竟是如此合拍默契。

犹记得在我们相识六年后终于有机会第一次单独见

---

1 除了考试，还会考查成绩以外的因素。把平时在学校里的学习成绩、老师写的评价以及参加的社会活动等方面的证明递交给自己想报考的学校，然后去参加面试。

面的那一天。从红酒到啤酒，再到威士忌……我们喝着酒悠然地聊天，不论我抛出什么话题，黄善宇都能接上。她见闻广博，却不倨傲，我们的对话也因此更加愉快。这不仅因为我们背景相似且喜好相近，更因为我们都很爱开玩笑，笑点也颇为类似，我们在聊天过程中时不时便会捧腹大笑。那次之后，我们开始频繁见面，会一起看电影、看展，也一起喝酒、听音乐。我们常常一聊就到深夜，很快我们变得非常亲密。不拘男女，我敢说黄善宇是我见过的所有人中最具魅力的聊天对象。我还得知黄善宇同样在寻找新的生活模式，欲为二十余年的独居生活画上句号。而我越是深入了解她，就越是忍不住想：如若是她呢？我已经看好了一个房子，也需要能与我合力购买的小伙伴——我想与这个人一起生活。

他人即异国

走出亚热带地区的机场时,最先苏醒的总是我的鼻子。鼻炎在我的生活中如影随形,一到干燥的季节,我便鼻孔堵塞,呼吸不畅,感到很痛苦。每当我来到东南亚的某个城市或是如塞班岛这样炎热的海岛,在踏出机场的瞬间,湿热的空气便会包裹我。我喜欢这样的感觉,这种体温瞬间上升带来的喜悦就好似将一只雀跃地奔向你的小狗抱了个满怀。经过几个小时的航行,焕然一新的空气、阳光、植物、风景、建筑和美食凝聚成瑰奇的风光,若只是分开来看,便也没了意义。

每个人也都是一个小国,他们各处于不同温度和湿度的气候带,拥有不同的文化。因而与他人相处也就像一场海外旅行,充满趣味。"他人即地狱"这句话虽然是对现实的一种折射,但我坚信没有比与人相处更有趣的综合娱乐项目了。一个人的世界观、音乐偏好、关注的事、说话的方式、表情和肢体语言、信仰与想象力、开玩笑的方式……这所有的因素融合成一个人特有的气质和魅力。当然只有懂得尊重不同的"旅行者",才能够目睹自己所不具备的美丽"风景"。

我最初是通过推特认识金荷娜的,大家都叫她tol或是kimtolkong（@kimtolkong）。我们是在与李雅丽一起参加的某跳蚤市场活动上第一次真正见面,都是卖家。金荷娜人如其名[1],又小又圆。若干年后我们三人不仅住在了同一个小区,其中两人还住在了一起,果真是世事难料。加入金荷娜自封为"主编"的《抛接球周刊》（Catch Ball Weekly）,大体也是在那个时候。它事实上不是"周刊",而是一个基于非定期博客发帖,秉持"朋友啊！一起蹉跎岁月吧！"的精神,有时间便前来的松散聚会。聚会的主要活动便是寻一处风景好的地方,懒懒散散地抛球、接球。我们戴上荧光色的塑料吸盘,简单玩玩抛接球,而印着啵乐乐或者哆啦A梦图案的球,虽看起来不怎么样,但透着一股可爱——就是这么一个聚会。

金荷娜的博客上除了《抛接球周刊》,还有连载半年的《南美旅行日记》。那正是我盼望了许久却始终没到达的旅行地。从广告公司离职后,时间充裕的金荷娜,在博客里显得游刃有余,尽情挥洒着作为广告撰稿人所

---

[1] 金荷娜推特账户名为kimtolkong,有一种小豆子的意味。所以这里说身材娇小,且长着一张圆脸的金荷娜人如其名。

积累的专业写作能力。而我着了迷，像是偶像的粉丝，以高度专注力细细品读了她所有的文章。金荷娜这样解释自身的追求以及抛接球精神。

> 一个人真正值得自豪的
> 不是房有多大 车有多豪 而是朋友
> 但不是朋友有多优秀 多靠得住
> 而是厨艺有多高超
> 有多好吃
> 睡得有多香 唱歌有多动听
> 又有多么没心没肺
> 我们曾一起喝过多少酒 一起做了多少离谱的事
> 人生中真正应感到自豪的
> 是这些

金荷娜在一群好友中如同组织委员，组织和引领着大家。她的世界观清晰而明确，且很多想法不局限于个人而是更倾向于共同体。但太阳下也存在阴影，生活中的她也会有处于人群背后的孤独。明明是内向、最容易在独自读书时汲取能量的人，却在努力追求交流的价值，这样的她让我看到了人的多面性。相比之下，我更像是人际关系的枢纽，人脉圈子广，却更偏爱三两人的小型聚会。与其说我爱聚会，不如说我爱酒，所以我想找的是能一起喝酒的人。虽然我外向,但也有以自我为中心和个人主义的倾向,这种自我的扩张让我觉得很有趣。我决心跟她一起生活,也是希望自己能一直被她的积极行为影响和感染吧。

"朋友是社会情绪的安全网。"正如金荷娜常挂在嘴边的这句话,我们相互依存地生活着。人们就像不同温度和湿度的气候带,聚集成整体的环境。金荷娜善于发现他人的优点,从不吝于赞美他人,她这"赞美轰炸机"(也是金荷娜在广播节目中的昵称)的一面让我成为最直接的受惠者。我们一起喝了不少酒,也拥有许多离谱的共同记忆。我擅长厨艺,她擅长吃。而这些都是值得自豪的事。这便是我的同居人教会我的。金荷娜这个新大陆,为我开拓了崭新的世界。

令我一见倾心的望远酒吧

人生的风景各有不同。按大家庭与核心家庭[1]，或是单独住宅[2]与高层公寓的方式区分，居住形态会呈现不同的特点。居住形态不只是一种概念，有时某种具体的事例会成为某些人心中的向往。望远酒吧便是我心中向往的那个房子。说到望远酒吧，就要先说一说我的好友金敏洙。她是作家，写了《所有星期的记录》《一日的喜好》等很棒的书，我还曾为前者写过推荐语。

我与金敏洙在 2005 年 1 月相识。我在广告公司李岱艾上班的第一天，便知道部门里有一个刚入职的职场新人，她正是广告撰稿人金敏洙。这名字听起来像是男生，其实是个女生。因为这里是我的第二个职场，我已经是代理[3]级别，而此前我也没有广告撰稿人后辈，所以金敏

---
1 一对夫妇及未婚子女组成的家庭。
2 韩国住宅类型可分为单独住宅、共同住宅。其中共同住宅包括公寓、联排住宅、多世代住宅。
3 职称，类似于"主任"，属于比较高级的职员。

洙可以说是我的第一个"直属后辈"。因为其男性化的名字,我常戏称她"洙君"。我们并肩工作了两年。那些迄今都是我作品集中的重量级项目都有洙君的参与,如SK电信"现代生活白皮书"、Naver(韩国知名的搜索引擎和门户网站)"世界上所有的知识"、LG电子X-canvas、现代信用卡、日产英菲尼迪汽车等。我们很有默契,可以互补,也相互依赖。洙君成为我在这个世界上最信任的人之一。我仍记得金敏洙与郑日英相亲的那一天,以及几个月后她将郑日英介绍给我的那一天。日英有个外号叫"白昼的星",我们都简称其"昼星",所以我就把这对情侣叫作"洙君昼星"。我离职后与洙君昼星变成了酒友,至今我们都是彼此最要好的朋友。在去南美的半年里,最让我遗憾的事莫过于缺席洙君昼星的婚礼。

他们婚后便居住在望远洞。论酒量,这对夫妻难逢对手,他们干脆将家改装成了"酒吧"。从此以后那儿就成为望远酒吧,而我就像是与酒吧老板熟识的常客,频繁出入这间酒吧。其间由于全租房[1]合同期满,望远酒吧搬过几次家。最后他们在位于汉江公园入口处的高层公寓安了家。经过大刀阔斧的装修,他们的家终于变成了名副其实的氛围酒吧。这间公寓面朝望远水库,视野开

---

[1] 韩国极为普遍的租房形式,介于买房和租房之间,一般需要一次性支付房东房价的三分之一左右作为保证金,合同期为两年。其间无须支付房租,并且两年期满后如果退租,房东需全额退还保证金。

阔，我也非常喜欢这儿。

我原本并不很喜欢公寓。自有记忆起，我家就住在公寓一楼。公寓离海云台海水浴场近到即便在我家，也能隐约看到大海。到了夏天，小区里的孩子会在家换上泳衣，套个泳圈就出门，然后走到海边。十九岁时我离开家到了首尔后，住过各式各样的房子，其中包括寄宿房[1]和亲戚家，也独居过。一个人住久了，我便开始添置各种家具，想借此让生活看起来更加像样、温馨。而当我越来越难以抑制独居生活带来的孤独感时，我便开始寻求新的居住形态。单独住宅是我心中比较理想的居住形态，因为首尔的高层公寓让我感到压抑。如果能够跟好友同住在房间很多且带小院子的单独住宅，岂不美哉。

我喜欢为一些事取名，我叫它"瞎了眼单独住宅项目"。一旦某件事有了代号，并且常常被提起，听过的人如果发现了符合的对象，就会马上想起我。而"瞎了眼单独住宅项目"这个名字的由来就是，我曾听说有一些房主长居国外或因其他缘由以远低于市场价的价格卖掉房子。我在"粗浅的知识"聚会中就常常提起"瞎了眼单独住宅项目"，有一次还曾与聚会成员——建筑家林泰炳及若干人去看了位于延禧洞的一个很大的单独住宅。

---

[1] 主要分布在学校附近，多由大学生居住，一般有单人间和双人间，价格低廉，还供饭。

房子和庭院宽敞又漂亮，可惜房主没有"瞎了眼"，所以价格高昂。并且房间的大小和朝向各不相同，分配房间时很可能会引发同居人之间的矛盾。此后，我们持续关注各式单独住宅，也常常一起去看，但想要真正实现想象中的图景，却总有这样或那样的缺憾。

直到我看到了"望远酒吧"，从此我便一发不可收拾。它就像我儿时住过的"海云台公寓"一样，视野开阔，望之便心情舒畅。并且因为是独栋，便也没有一般"公寓小区"的喧闹。地段也是极佳。因为士绅化，最近望远洞人气颇高，但这个公寓与闹市隔着一段距离，看起来能"幸免于难"。在此插句题外话——我长久以来都身处首尔士绅化的中心。我住在景福宫西面的孝子洞附近时，它还没有被冠以"西村"[1]这个名字。我喜欢那里的静谧，也清静地生活了一段时间。然而自从那里开始受人追捧，我便日复一日地过上了被工地包围的日子。我在那里生活了十余年，然而仿佛无休止的施工噪声，前来观光的熙熙攘攘的外地人，风貌日益褪色的巷子，还有日渐高涨的房租……使我最终逃离了那里，我心里也百般不是滋味。但如果住在望远酒吧的地段，想必我就无须担心这样的风险。望远酒吧约有百来平方米，有三房两卫，还有宽敞的客厅、阳台和多功能室[2]。跟好

---

1 指景福宫西边的小村子。
2 韩国很多房子都配有多功能室，一般会用来当小仓库或是放洗衣机等。

友两个人一起住，最适合不过了。在跟黄善宇熟识之前，我就一直对这间公寓念念不忘。而今黄善宇进入了我的雷达探测范围。有了恰到好处的房子和同居人，我开始更具体地描绘梦想的未来。

截然不同的人

"这世间有两种人。"

在我苦于不知如何下笔时,这句话便是我用以逃避的开篇金句。但在与金荷娜一起生活后,我切实体会到这句话的真谛。有的人会因为外出前要重新搭配衣服而感到烦躁,有的人会因为连日穿同样的衣服而情绪低落。对于一些人,每天穿同样的衣服是免于苦恼的方便事,而对另外一些人,它却是无法带来变化之乐趣的煎熬事。在工作时有的人甚至连音乐都不听,而有的人却同时开着文档、视频、搜索窗口、聊天窗口等,并能自如切换。在旅行中有的人会放下手机,努力记住空气中的每一缕味道,认为这才是旅行该有的样子;而有的人坚决不断开与网络世界的连接,在行程中不断搜索信息,更新接下来的行程。

前者是金荷娜,后者是我。对金荷娜来说,洗碗时间是生活中的冥想时间,而对我来说,烹饪才是最有趣的事。金荷娜如果遇到一种喜欢的沐浴乳,便会赞叹它的好,一连用上好几瓶,献上自己的纯情。反之,我会摆放五种以上的沐浴乳,每日都用不同的。它们来自不同国家、不同品牌,香味也不尽相同,其中还有很多品牌我甚至叫不出名字。我们之间这些细小的差异,我现在就能再说出二十多个。但如果以此填满整页纸,恐怕也是跟以"这世间有两种人"开头一样偷懒的事儿了。总而言之,我就像拿着几个球抛来抛去的杂耍人一样,生活在快节奏和繁杂中。尤其在跟我迥然不同的同居人的衬托下,这一点就更明显了。

我们之间的一些差异也超出了可理解的范围。金荷娜让我知道这世间竟还有人不喜欢草莓。我因为常常忘记,只在一起买菜时才忽而记起这件事,所以反反复复为此感到惊讶。当我将草莓一颗颗吃掉时,我的内心感受会由惊讶逐渐转变为悲伤。这么好吃的草莓,怎么会有人不喜欢呢?不过人们一起生活,喜好却不必相同。正如我们能够理解一个人,却不会因此变得亲密。即便是相互难以理解的两个人,也能够一起生活。而共存的第一步便是不因不同而带有偏见或妄自评价。

某些差异却会成为冲突的源头。有一种人认为拥有就是一种负担,追求极简的生活;有一种人认为购物是快乐之源和解压之法,即便物品已堆积如山,仍止不住买买买。如果是下面这样的两个人呢?有的人用完某件东西，总是将其放回原位；而有的人用完后随手一放，这件东西便有了新的归属。由此，想要再次找到它，这两种人所需花费的时间便也有了差异。这次前者仍是金荷娜，后者还是我。这是我们之间最大的差异，也常常会引发矛盾，我还会单独讲讲它。但是无论怎么看，这个问题的源头似乎都是我。而我也只能底气不足地辩称自己在努力改变。那些彼此坚信的差异，在我们共同生活、相互摩擦的过程中，会渐渐平滑、模糊，进而发生某种质变。

近距离观察他人、与他人一起生活，教会我很多事。我意识到其他人的喜好与我如此不同，也会发现自己的新特质。最大的收获在于懂得了一个道理，那就是截然不同的两个人也能够在尊重彼此差异的过程中共存。我们的共同点如同差异一样多，其中就有热爱阅读。然而在阅读这件事上，我们也表现出了不同的偏好。想要额外积累两千韩元的积分，最低需要消费五万韩元，所以我会在这个金额范围内购买所有我感兴趣的书。即便看不完，也先买了再说，慢慢看就是了。但金荷娜不喜欢书堆积成山，更愿意一次只购买最想看的那一本书。所以金荷娜的宝贵空间，会被我不加节制地购买的书所垒成的书山侵犯。然而金荷娜在读书广播节目《倾情推荐：金荷娜的侧面突破》中挑选和推荐新书时，我那令人毫无头绪的书山却能够发挥作用。新购买的书籍被拆封后，就会被堆放在客厅一侧。不知不觉间，金荷娜就一本本地拿去读。这个虔诚的阅读者、这个时而就会为某事狂热的金荷娜，在遇到好书时便会真心实意地为此狂热一番。如果说金荷娜得到的是新书供应商，是接触新书的便捷渠道；那么我得到的就是专属书评人，因为她会先阅读那些我感兴趣的书，然后为我提供书评。所以我买得少了，读得却多了。

如果相似之处会拉近彼此，那么不同之处便会填补彼此间的沟壑。反过来想，若对方跟我同属一类，我们真的是适合同居的对象吗？想必会一边深切地感同身受，一边已经难以忍受，想逃之夭夭了吧。与如此不同的金荷娜一起生活，我的物欲有所减小，生活似乎得到了规整，我也变得更从容了一些（我愿如此相信）。我希望，金荷娜也能如同我一般，时常因为与迥然相异的人共同生活而感到庆幸。我们会因对方而知道新的草莓品种——果肉饱满、紧实的红颜草莓，或者酸甜可口的章姬草莓。我喜欢鸡腿，金荷娜喜欢鸡翅和鸡脖，所以我们在吃炸鸡时无须刻意谦让，自然而然就拿起了自己爱吃的部位。如此这般，我们之间的沟壑被一点点填满。

不容错过的公寓

我特意让洙君昼星邀请我与黄善宇到他们家里做客。我们拿瓶红酒去了望远酒吧。洙君昼星不愧为专业的爱酒夫妇,为我们提供了无与伦比的服务——美妙的音乐、绝佳的下酒菜、引人入胜的话题。我们从恰到好处的微醺,逐渐转变到畅饮。如同每一次被邀请到望远酒吧那样,那天我们也喝得尽兴,醉得开怀。围绕在客厅的书架和装饰柜里美观且秩序井然地摆放着书和唱片,以及洙君亲手陶制的盘子,还有昼星的趣味公仔。明快、整洁又宽敞的空间,没有丝毫逼仄之感。这对书虫夫妇还腾出一整间房,放置了通道式书架,将房间打造成了图书馆的样子。夫妇一起在亮堂的厨房烹饪了可口的餐食,并把它端到了客厅。客厅有落地窗,站在窗前映入眼帘的是望远水库,还有很大的操场。夜幕降临时,聚光灯亮起的地方,静谧且引人冥想。完美极了。

我时不时碰碰红酒杯,应和黄善宇的话(彼时我们讲话还保持着礼貌)。"这里真的很完美吧!""窗外的水库景观真是神来之笔啊!""要是两个人能住在这样的公寓里该有多好啊!"……在视野开阔又舒适的房子里度过了愉快的一晚,黄善宇似乎也很有感触。

在那之后,我明明白白地让黄善宇知道了"我心目中理想的房子就是洙君家那样的公寓"。黄善宇也很喜欢这个房子。我向她提议,不如将两人的全租保证金凑到一起,贷款买个房子,一起生活。但黄善宇因以下几点而犹豫不定。

1. 从公寓到位于论岘洞的公司,通勤时间过长。
2. 公寓位置偏僻,附近的生活配套设施不完善,路口阴森可怕。
3. 没有考虑过"买"房子。
4. 即便加上两个人的保证金,资金也远远不够。

现在想想,这些都是合理且关键的因素。但当时的我却认为这些都是完全可以解决的问题。我倒不是觉得这些都没什么大不了,而是相信只要我真心实意地劝说黄善宇,她就一定会回心转意。我这个人平时物欲不大,既不会因为打折而购买不需要的东西,也不会看到新款就冲动消费。只是极其偶尔,若有了非常心仪的东西,只要不是贵得离谱,我无论如何都会购买。并且我会小心使用很久，仔细保管。即便是每天都会用的东西，我仍旧会在使用它时感到愉悦。正是有这般性格的我，完完全全被这个房子"勾住了魂"。况且，我可是广告撰稿人。我开始逐条攻克，劝说起了黄善宇。

1. 从论岘洞经由江边北路，路过你现在住的上水洞，下下个出口就是望远洞。这个房子也离江边北路很近。

2. 你大多时候都是开车穿过阴森森的小路。如果你需要走路回来，我保证带着木棍出去接你（我并不怕阴森森的小路）。正因为房子比较偏僻，所以它才能如此视野开阔和安静。如果我们需要什么东西，我愿意骑车去采购。况且现在买菜、洗衣等都可以使用配送服务。

3. 每两年搬一次家，或者续签一次合同，会让生活变得不稳定。我们已经四十多岁了，也该稳定下来，让生活变得更加规整和有序了。

4. 买房子就可以申请抵押贷款，据说可以贷到房产总价的70%。我们也可以的。我们可以努力工作，慢慢还房贷。有了房子，有了同居人，我们的生活就会稳定下来，生活成本也会降低。

对于最后一条，如果我足够理智且具备良好的金钱观,就会意识到这一项是最大的阻碍。但是我当时只觉得这是比较棘手的问题,并且只要在这一点上说服黄善宇就能成事。因为我对自己的信用和能够筹到的资金还一无所知。

  我自己还一知半解,便热情十足地劝说她。黄善宇对我的话满是肯定,也就有些动摇了(想来是觉得我既能说如此大话,必定是有底气的)。就在这时,那栋公寓有二手房出售,就在洙君昼星家隔壁单元,楼层也很合适。我们一起去看了房子。我很满意,只是价格竟比洙君买房时贵了几千万韩元。洙君能低价买入固然是因为当时房主急于出售,但这段时间房价也上涨了很多,总之确实太贵了。我们担心是不是被宰了,还特意去其他房产中介了解,才发现房价都已经涨到那么高了。望远洞成为"人气旺地",也为房价上涨添了把火。可我依旧渴望买下这个房子。我唯恐错失机会,可毕竟不是我一个人住,实在不好催促同居候选人下决定。就在我们犹豫不决时,他人抢先了一步。最终我们还是错过了,有些遗憾。黄善宇似乎也同样为自己的犹豫感到后悔。那栋公寓总共只有五十多户,新房源出现的希望渺茫。

  我们一有时间就会去望远洞附近看看房子,也是为了顺便多熟悉熟悉这个我们心之所向的居住地。我有时是跟黄善宇一起,有时是跟住在望远洞的好友黄英珠一起。我的心已经被望远酒吧这个鲜活的案例填满,其他房子很难再入我的眼了。但我知道欲望是填不满的。在目标金额范围内，确实有让我稍微心动的房子——不仅配套设施完善，路口也毫不阴森，只不过它仍旧难以让我全然心动。正当我与同居人反复商量要不要签下合同时，望远酒吧所在的公寓竟又有了新房源出售！但是有一个问题：此前让我心动的关键因素——那个站在阳台就能一览无余的水库，在这个房子里是看不到的。虽然在同一栋公寓楼，但它恰处在拐角的位置，所以与东南朝向的洙君昼星家不同，在这个西南朝向的房子里是无法看到水库的。我不免有些失望，可还是决定先去看一看。

太阳的女人

我们家有一个颇有分量的翻盖式黄铜指南针。黄善宇之前每次搬家时,她的父亲都会特意从釜山来到首尔,用这个指南针来确认房子的朝向。心疼女儿的父亲,总是会用指南针为女儿找到正南朝向的完美房子。(相反,我的父母从不过问我在首尔找了什么样的房子,或是搬到了哪里。若我说搬了家,他们也只是偶尔在来首尔参加婚礼时顺便来看上一眼。当然我相信我的父母也在以他们的方式爱我。)正因此,在黄善宇还住在上水洞时,我每每在她家留宿,早上醒来时就会感觉自己像一条被晾晒在白沙滩上的海带。窗帘仿佛只是摆设,从天蒙蒙亮时阳光就开始肆无忌惮地闯入房子里,砸在脸上,我每每醒来都被晒得面部灼热,头晕目眩。我对睡眠环境异常敏感,这阳光可以说对我异常残忍了。长久以来都这样生活的黄善宇却爱极了这种感觉。她爱阳光从清晨到下午一直充斥整个房间的感觉。

黄善宇也很喜欢在阳光下奔跑的各类运动，喜欢去大白天举办的庆典享受阳光的沐浴。按她的话来说就是命中有太阳。所以在雨季来临时，她会明显变得抑郁。在为了赶稿而一连数日都无法外出晒太阳时，她也会感到格外压抑。我暗暗想：为了黄善宇，也一定要找一个明亮的房子。

我们得到有新房源的消息时还是在工作日，黄善宇正在公司上班，所以我马上与黄英珠一起去看了房子。打开玄关门的刹那，我看到午后的阳光温柔地洒在整个客厅，渲染出温暖无比的橘色空间。此时正值秋季，房子又是西南朝向，所以午后的阳光延伸到屋子的深处。房主是一对老夫妻，屋子里堆放着很多东西，装饰线条和房门用的都是樱桃色的装潢纸，说不上好看。不过房子胜在格局方正和干净。窗外虽看不到水库，但是可以看到汉江和更为开阔的天空。虽然因江边北路和内部循环路的遮挡，只能看到形如一条银色带鱼般长长的汉江，但那里波光粼粼。最让我倾心的就是温柔明亮的橘色暖阳。我想太阳的女人也一定会喜欢。

只不过房价竟比上次还高！这次又涨了六千万韩元，老天爷啊。可无论如何我都不想再错过这个房子。我又开始努力做黄善宇的思想工作。买它确实压力不小，也大大超出了我们的预算。可若能在心仪的房子里悠哉舒适地生活，即便是这个价钱也值了啊！这就是缺乏金钱观的人普遍持有的经济逻辑。黄善宇似乎觉得正因为上次的犹豫不决,才要承担这上涨的六千万韩元,因而也有些动摇。我反复强调"汉江景观说不定要比水库景观还好呢,洒在整个屋子的阳光……",在我如此锲而不舍的努力下,她终于决定和我一起去看看房子。可谁又能料到当我带着黄善宇去看这个房子时,我刚一踏入房门,就不由冒出一身冷汗。

上午 11 点正是这个西南朝向的房子一天中最为昏暗的时候。打开门进入时,我忍不住在心中大叫"完蛋了"。接近正午的时候,屋内却因太过昏暗,不得不打开灯。那句话果真没错,"房子是要多看几次的"。我冷汗涔涔,暗自观察黄善宇的神情,却猜不出她的想法。推开主卧的房门,我在内心尖叫"完蛋了"。打开厨房的灯,我在内心尖叫"完蛋了"。远处是像银色带鱼一样若隐若现的汉江,楼下的法国梧桐也只能看到一片树顶,远看就像一片草地。"多谢,打扰了。"跟老夫妇道别后我们便进了电梯。我内心忐忑不已,感觉手脚都无处安放。而黄善宇一开口便是"这套房子上午采光不太好呢",这并不让我意外。我弱声弱气地解释,午后这里的阳光会比东南朝向的房子停留更久,整个房子都会染上温暖的橘色……因为我再了解不过,黄善宇有多爱那些她父亲帮她把关的正南朝向房子的氛围。黄善宇接着说,

"窗外的法国梧桐随风摇摆,有点像在海边的感觉"。

坐上车后,她说"我也喜欢"。

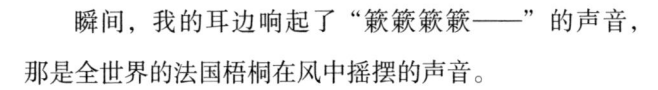

瞬间,我的耳边响起了"簌簌簌簌——"的声音,那是全世界的法国梧桐在风中摇摆的声音。

我也曾想过结婚

有一首老歌里有这么一句歌词,"我一度想过与你结婚"。它描述的是一个女人在分手前,含泪做最后的道别,诉说自己曾经爱得有多深。婚姻是爱情达到高潮时的进阶形态,或者说是一段成功爱情的终点吗?虽然我现在认为不是,可我确实一度考虑过结婚。不过不是因为我多么热烈地爱上了一个人,而是因为有一段时间结婚这件事在脑中盘桓不去。当我在二十多岁想象未来的自己时,那浮现在脑中已婚的样子是那么理所当然。尤其周边或是通过媒体接触的三十五岁以上的女性无一例外都是已婚者,这也为我带来了潜移默化的影响。就像儿时被问及未来的理想职业时,大体总绕不过老师、总统、外交官之类的职业。我在二十多岁时世界狭小、单调,缺乏想象力,我毫不怀疑自己会重复大多数人的人生轨迹。小的时候谈恋爱不是难事。成人以后,大多时候都在与某个人交往,便也自然而然地觉得会与其中的某个人走向婚姻。所以对于当时的我来说，婚姻无关关系深浅或情意厚薄，更像是在社会文化中自然习得的规则。相亲时，面对初次相见的男士，我会想象跟他结婚后的生活；面对交往不过三个月的男友，我也会想象跟他结婚后的生活。只不过次次皆是空想，过去的十几年里结婚这件事并没有进入我的现实。

就像到了饭点就要吃饭，毕业了就要参加工作，二十多岁的我相信到了年纪就该结婚。现在似乎仍有不少人像过去的我这样想。他们不考虑自己的性格是否适合过婚姻生活，也从没想过在家庭这个框架下能否实现自己真正想要追求的生活。我见过的很多男士为周末要陪伴家人而感到苦闷，认为这并非自己想要的生活。我忍住没说的是，相较而言，他们的妻子才是受婚姻、家务、育儿所"累"，牺牲了更多个人生活的那一方。

有些时候我庆幸自己没有结婚。我毫无自信能像那些兼顾育儿与工作、辛苦维持生活平衡的友人一样发挥惊人的专注力，并将时间分成大大小小的碎片来度过，尤其是当我发现她们的丈夫在职场或者生活中看起来是那么从容、悠闲时。而最让我庆幸的还是因为没有结婚，而无须成为某人的儿媳。在韩国被父母宠爱的女儿、能力超群的职场女性、追求自由的女性，一旦被置于婆媳关系中，身份好似就要直降几级。更令我发怵的是，我的人格深处似乎也有想要努力讨好婆家的潜质。就像

Instagram（"照片墙"）网漫《儿媳妇》中对儿媳妇的定义，"为了能够被婆家喜爱和称赞而自发努力的时期"。

  我偶尔会与同居人的父母一起吃饭。两位老人一直以来很是担忧独自生活的女儿，而今表示有了我便觉得安心了许多。我不需要绞尽脑汁想该说什么，只要在阿姨说话时好好应和，或是为爱酒的叔叔敬几杯酒，就算是有礼貌。同居人的那些我所喜欢的优点，在两位老人身上也能找到，为同居人继承了这样的优点而心怀感恩也是件愉悦又温暖的事。我吃了老人帮我烤的肉、喝了倒给我的啤酒，回到家后，过了一段时间便会自然而然地想起两位老人，询问询问他们的近况。我既不用去对方家里切水果或洗碗，也不用抱着脑袋去想该如何尽孝。对于我的母亲来说，吃饭是世界上的头等大事，只要我这个家庭主厨加班或是长期出差，她最先担心的便是我的同居人吃饭的问题，"谁来管荷娜的饭啊？"在这样的关系中，我们无须承担义务，依然能从双方父母口中听到诸如"有你在，我们很安心"之类的话。

抱紧胆小鬼的大腿

金

我们的预算原本就不充足，现在更是大大超出了预算范围，想要签下合同必须要想个法子了。我们决定动员身边的一切力量。首先我们争取了父母最后的资金支持，理由是"就当是把女儿嫁出去了"。除此之外，我们还去了解了房产抵押贷款。洙君表示自己还可以再筹到更多钱，让我如有需要一定不要客气，哪怕她处于负债的情况。我没有借洙君的钱，心里却感到很踏实，至今也都记着她的好。黄善宇前往银行咨询房产抵押贷款事宜后，得知我们能够贷款的金额比预计的还要大。一个房子只能由一个人贷款，所以我们决定以黄善宇的名义贷款。我们讨论了如何偿还贷款的事，黄善宇是大公司的部门经理，每个月都有固定工资，相反我作为自由职业者收入并不固定。所以我们最终决定将我每个月的还款金额降至最小。不过在我不定期地有大笔收入进账时，我就一次性多偿还一些。支付首付尾款[1]前,我算上了所有即将入账的收入后才算凑齐了钱。我们要买下这个房子了。

签约日终于到了。在过去无数次的搬家过程中,我曾经签过很多合同。可人生中第一个购房合同还是感觉很不同。我们仔细阅读合约条款后付了定金,签了我们俩的名字后盖了印章。合同签好了!我们成了房主。走出让我有些紧张的房产中介后,我呼吸着新鲜的空气。那天的天气也是异常晴朗,我的心中洋溢着难以抑制的喜悦。我笑容满面地转头看着即将成为我的同居人、与我共同完成了这件事的伙伴。

"我们,买房了!"

可当我转身举起手要与她击掌时,却不禁吓了一跳。彼时黄善宇的面色就像是保宁美容泥浆节[2]的主色——泥土色,满面挂着愁容。

"哎,你怎么了?"

"我背上了巨额的债务……"

她的声音虚弱得好似马上就要病倒了,我目瞪口呆。我没忍住笑出了声。一个人买了人生中的第一套房子,却会因为债务压力,而无法感到开心,反而像是受到了

---

1 在韩国买房时一般需要先支付10%~20%的定金,最后支付剩下的首付尾款。
2 韩国忠清南道西南部海岸地区夏季庆典,是为了宣传保宁泥浆、保宁泥浆化妆品的神奇功效和大川海水浴场等旅游胜地,发明于1998年。

惩罚。这个人真是可爱极了，但也令人不由觉得值得信赖。至少这样的人是不会被骗去为他人做债务担保而赔上房子，也不会偷偷在外面筹钱做什么错事。同居人的经济能力是否值得信任，是很重要的问题。

"哎哟喂，瞧你这胆小鬼，我们可以的！今天是值得庆祝的一天！"

黄善宇那如泥土色的脸上隐约泛起了一丝笑意。时至今日，我想起当日情景都有些忍俊不禁。

却不知于黄善宇而言，我是否也是一个值得信赖的人。最近我方知晓并非所有人买房都能抵押贷款。贷款人的信用非常重要。而在银行评估一个人是否有固定收入、是否能按时还款时，一个收入不固定的自由职业者的信用等级必然不会高。这与收入高低是两码事。我以前申请信用卡时就曾被拒，虽然当时的收入比上班有增无减，可在银行的评估体系中，我是无法被信任的人。因而在韩国，一名单身的自由职业者想要购买房子无异于痴心妄想。（极不合理！）这时我才反应过来，我们能够顺利买下房子，都依赖黄善宇十八年来的兢兢业业、勤勤恳恳。而我却对此毫无察觉，并大言不惭地说"我们能做到""买房吧"等。但凡我稍微了解自己在信用和贷款世界中的处境，就说不出这样的话。果真是无知者无畏。

明白这件事后，我对黄善宇如此说："原来是我借了你的光……万幸我抱上了一名勤勉职场人的大腿,才能买上房子,还开上了敞篷车。"

我住在西村时,由于停车困难,便将车卖掉了。虽然没有车,我还是很喜欢驾驶。黄善宇几个月前从论岘洞的杂志社辞职后,去了位于合井的公司,现在是坐社区公交车通勤。所以她的敞篷车便由我在去工作或买菜时使用。借着黄善宇的光,我不仅买下了这么好的房子,还能开上这么漂亮的小汽车,只能偷着乐了。总而言之,这个胆小鬼,还有抱上这胆小鬼大腿的我,现在正按月还贷款,努力生活。

从容的负债者

辞职后我最重要的计划就是追史诗奇幻题材电视剧《权力的游戏》。该剧已播到第七季，不论是从时长还是从沉浸度来看，它都不适合上班族浅尝辄止地看。所以在离职前终于有了一个月的休息时间时，我便与我的同居人道了别，"扎进"了维斯特洛大陆七大王国的世界。在角逐铁王座的各家族中，以金色雄狮作为象征的兰尼斯特家族对权力拥有着不同寻常的欲望和野心。几乎在每一集其家族成员必会讲出这样一句台词，"兰尼斯特有债必还"——债既指仇又指恩，这句台词也就是"恩仇皆偿"的意思。兰尼斯特家族在走向王座的道路上，恩怨分明地一笔笔记录着自己的"借贷对照表"。

如果说我家也有格言，那应该就是"不要租房，攒不了钱"。我父亲在退休前是公务员，家族成员也大多是教师、上班族，因而领着微薄的工资，自然而然就养成了勤俭的习惯。追求安稳的人有一个好处，就是只会看脚下的路，迈着小碎步一点点挪动着前进。即便有人从旁诱惑，告诉你能赚大钱，你也绝不会多看一眼。所以在我们的黄氏家族里，被骗进传销组织，或是因想占便宜的好地皮而被骗的概率，比中彩票的概率还要低。这样的人自然也没有魄力去做高风险、高收益的理财投资。所以，虽然不曾见家族中有人落魄，但也没有听说谁家发了大财。在这样的家庭中长大，我始终认为负债并非理直气壮，而是需尽快摆脱的令人不适的事情。

没错，我是胆小鬼。进入大学后，不乏家里做生意的朋友，对比之下我更能感觉到彼此间家风的不同。这些朋友会机灵地与父母交易，比如假期帮衬家中的生意，然后获得一辆车作为酬劳。而且比起AA制（平分账单），他们更多的是大方请客或大方接受别人请客。这与单纯的有钱或是花钱大方不同，更像是他们懂得怎样达成比较大的交易，也有胆识使资金流动起来。我听说，他们的家里流行一句话，"负债也是一种能力"。

买房的那天，当我们盖好章、付好定金、走出房产中介时，金荷娜被我的面色吓了一跳，直问我是不是哪里不舒服。我好像感觉不到膝关节以下的腿，整个人颤颤巍巍。当时便意识到我的面色恐怕也好不到哪儿去，因为我生平第一次背上了数千万韩元的债务。虽然在银行申请的房产抵押贷款仅占总房价的20%左右，占比并不算高，我还会与金荷娜一起分摊，但是在这负值被植入大脑的瞬间，我便觉得呼吸受阻。即使那一天我拥有了自己的房子，并且那是值得高兴的一天，可对我来说那也是我背上沉重包袱的一天，且这包袱逃不掉也甩不脱。同居人开玩笑地对我说，"哎哟喂，瞧你这胆小鬼！"

两年后的现在，在这胆小鬼身上都发生了什么呢？假如一个极其惧怕蛇的人不得不与蛇共处，他或许在想尽办法不被蛇咬的过程中，逐渐习得了驯化蛇的方法。简单讲，仅仅一年我便偿还了一半的贷款。因为讨厌负债及其附加的感受，我尽可能减少了花销，努力攒钱还款。在完成人生最豪的一次购物——购房之后，我好似也没什么特别想要的东西了。我最好的酒友就跟我住在一起，我还有专属的厨房供我随意使用，便也没了非要外出喝酒的理由，因为在家就能玩得足够开心了。通过购物消除工作压力，或是在旅行中购买一些华而不实的东西所带来的快乐，如何也比不过攒下几百万韩元并看到债务一点点减少所带来的快乐和精神补偿。虽然提前偿还十年期贷款需要支付额外的利息，但在那努力储蓄还款的一年里，我也改变了很多。我曾避之如蛇蝎的债务反而成为增进我经济实力的一大动力，乃至我现在反而觉得适度负债也没什么了，比如公司发一笔奖金时，我会做其他投资，而不是急于还款。房产抵押贷款的利率不高，所以与其铆足劲儿提前还款，不如慢慢地偿还。当然，每个周末跟妈妈通话时，我的负债问题不可避免地成为如健康情况般的例行问候。

借了大额贷款,又经历还款后,我的胆子好似也肥了那么一点。我还收获了另一个经验:如果无法避开自己所惧怕的事,不如就直面它。我们长期处于安全圈内,如果试着向外伸出脚,或许就会发现这个世界不似想象的那样危险。越是胆小鬼,越可以信任自己那不会使自身陷于险境的本能与直觉。这个胆子大了那么一点的胆小鬼,今天也从兰尼斯特家族身上学到了一件事——"所谓债,重要的不是避免背负,而是如何去偿还"。

贷款催人上进

如前所述，同居人之间的经济观念合不合，很重要。消费观、金钱观，以及对自己未来的责任心和掌控能力都是需要考量的部分。即便经济互相独立，但生活中的方方面面也多有交叉，如果对方过于奢侈或是小气，就会造成很大的压力。在我们考虑是否要一起生活的时候，我恰巧在网上看到了一篇文章，那是刊登在《纽约时报》上的文章《结婚前要问的十三个问题》。其中有一个问题是这样的："你最多愿意为一辆车、一个沙发、一双鞋花多少钱？"见到黄善宇后，我提议一起答一答这些问题。当时回答的具体金额我已经记不清了，只记得我们的答案相差不大。似乎黄善宇愿意在鞋上花的钱比我多一些。除了这些问题，我们还为对方加了新的问题，比如你最多愿意为一场演出、一餐饭、一瓶红酒花多少钱？我们的答案几乎一致。我们约会时也是按一定的频率轮换着买单或买电影票等。所以我们至少不会因为花钱的事儿让彼此感到有压力。

　　现在我们坐上了同一艘名为贷款的"船",彼此的经济实力和稳定程度也不再是不相关的事了。如果在还贷款的过程中有一方失去了经济能力或者表现出不负责的样子,那该怎么办呢?我在签了合同后不可避免地陷入了自我职业认知混乱的时期。由于种种原因,我不得已关闭了投入不少心血经营了数年的小品牌公司。当时我正从广告撰稿人逐渐向品牌方向转型。突然没了公司后,我陷入了自我职业认知的危机。此前我还是一个品牌公司的CEO(首席执行官),可现在突然就不知道该如何回答"我是做什么的"这个问题了。

　　我感到混乱也很迷茫,但是没有多余的时间思考,因为马上就要付首付尾款,然后慢慢偿还贷款。并且我绝不愿意在与同居人建立了贷款命运共同体后,在经济和职业方面显现不堪一击的模样。我暗下决心,"以后所有工作来者不拒"。此前因为要将更多精力投入到公司运营中,所以只是偶尔才会接受演讲或写稿的工作邀约,大多数时候都会选择拒绝。可现在已经没有理由拒绝了。我开始以"感谢您的邀约"为开头回复所有邮件,然后开始接受所有的讲课、演讲、写稿等工作邀约。我常常在学生、家长、公司职员、家庭主妇、公务员、教职人员等人面前一讲就是两三个小时,听众各式各样,反馈也是五花八门。若讲课过程不顺利,在回家的地铁上我便揪着头发去想哪里需要改进。

这似乎为我提供了高强度的训练。第一次讲课时多少有些扭捏，会忘词，会在看到皱眉或打瞌睡的人时变得格外紧张。但是随着讲课次数越来越多，在更多人面前讲话不再让我感到有压力。不仅如此，我还慢慢领悟到如何放松地讲话，如何让大家的注意力更加集中。在约稿方面，我来者不拒，对任何主题都认真对待，最终这些稿件被整理成《如何避免用力过猛》。这本书中还有我的同居人黄善宇所写的推荐语。《如何避免用力过猛》是我的书中销量最好的，版税我都拿来偿还贷款了。得益于高强度的训练，在参加关于《如何避免用力过猛》的各类讲座或品读会上我都表现得游刃有余。并且由于一次偶然的机会，经听众的推荐我还出演了《改变世界的十五分钟》[1]。接着我还作为放松的技术者受邀参加了广播节目《生活技巧研究所》，絮絮叨叨做了些分享后，又有机会成为广播节目《倾情推荐：金荷娜的侧面突破》的常驻主持人。2018年，1月1日到同月7日期间，我还在MBC（韩国文化广播公司）的长寿广播节目《等一等》中发出了我的声音。同年2月我又多了个固定节目——MBC广播节目《开启世界的清晨》。至此，我开始收到越来越多的工作邀约，如担任广播节目嘉宾、主

---

[1] 韩国主题演讲类节目，会邀请各个领域的专业人士，就社会趋势、教育、经济、青年人、和平等主题进行十五分钟的公开课演讲。

持品读会、主持图书文化直播等。后来，我还成为MBC广播节目《星星闪耀的夜晚》的常驻嘉宾。贷款、关公司所开启的"来者不拒工作模式"，将我带到了意想不到的高度。所以不论怎么想，这都是带给我幸运的房子。

　　我现在有三重身份：品牌撰稿人、随笔作家、演讲者。我还有了新的别称"望远洞惠敏大师"，因为我就像创作了《人生那么长，停一下又何妨》后就一直活跃在各类活动、在俗世中疾奔的惠敏大师一样，在写了《如何避免用力过猛》后，我却从没有一刻真正放松，而是加快节奏地生活着。（其间我还创作了由我亲自画插图的《十五度》，这还不够，我现在还在写这本书！）品牌项目我也没有放下，我还计划在合适的时机重新创立一个小公司。最重要的是，我想成为同居人的好伙伴，也想证明自己经济稳定。这为我带来很大的动力。在一起生活的一年里，我们在共同的努力下已经偿清了大部分贷款。而促使我不断前进的最大动力，也是这笔贷款。

新上任的装修总监

金

　　由于一些原因，我比黄善宇早一周从我三清洞的家里搬了出来。猫咪暂时被寄养在城山洞的李雅丽家，我打算在一周后黄善宇搬家的那天把行李一起搬到新家。而在此期间，我就暂住在黄善宇位于上水洞的家里，并负责望远洞新家的装修。当然不是我亲力亲为，我只是全权负责与装修团队进行沟通。装修由申海秀负责。我住在西村时，他正在那里经营一间叫"Pubb"的酒吧。我们就这样成了朋友。申海秀毕业于韩国艺术综合大学建筑专业，也有一些成功的装修项目经验，不过总是叫嚣着"再也不做装修工作了"，并坚定地认为装修工作不适合自己。我感激他最后决定为我的家装修。我们七拼八凑地筹了钱，预算很低，工期也相当短。申海秀和充当助手的全载亨还是不辞辛苦地为我们装修，更何况还是在寒冷的12月，我们至今都非常感激。

　　黄善宇对装修的过程不是很感兴趣，只关心结果，还表示对我此前三清洞的家装风格非常满意，因而全权交由我操办。我在装修工程中立下了一个大原则：尽可能明亮！

当然这是考虑到太阳的女人黄善宇而做出的决定。这个房子是在我的劝说下购买的，所以我也要努力令黄善宇不后悔，并喜欢上这里。原房主住在这里时家里到处堆满了东西，并且装饰线和房门都是用深红色。房子也显得很阴暗。尤其在厨房，巨大的冰箱像隔板一样阻隔了阳光，如果不开灯，甚至看不到橱柜里的碗。厨房将是我家的主厨黄善宇大展身手的地方，将是家的中心，一定要很舒适才行。所以在大原则下，我列出如下规定。

1. 尽可能不遮挡阳光。
2. 房门、墙纸、装饰线都采用明亮的颜色。墙上的装饰线要尽可能清除。
3. 冰箱要搬到不会遮挡阳光的地方，橱柜也要重新设计。撤掉一面橱柜的吊柜，让空间变得更明快、敞亮。橱柜均选用白色。

施工开始后，我乐在其中。家俨然成了大型剪纸现场，好像只要我说出自己的想法，它就能够在空间中呈现出来。当然主要还是我没有付出苦力，才更觉得有趣。我脑海中有非常清晰的家的样子，也喜好分明，所以当申海秀让我挑选各种材料的质地、颜色等时，我总能轻松做出选择。在有限的预算下对于应放弃什么、选择什么，我也是比较果断，其中就包括浴缸的问题。虽然现在更流行淋浴间，家里一般不装浴缸，但我和黄善宇都不这么想。我们在长期的独居生活中有一点非常遗憾，那就是家中没有浴缸。我们可是在第一次提出一起生活的时候，就兴冲冲地购买了漂亮的浴缸托盘，想象着用它放置红酒杯、香薰蜡烛和书。所以我们拆除了原来的浴缸又装了新的。

　　我与黄善宇还一起去看了家具。客厅已经提前定好采用原木色系，书房则采用黑白色系，所以不需要纠结。我们挑选了白色的书架，打算在书房中围绕着空间摆放它，想把衣帽间做成步入式，所以定制了成套家具。我们将在作为家中主要空间的客厅里摆放一个桌子，它将会决定这个家的整体感觉，因而我们要慎重挑选。我们决定将好友黄英珠亲手制作的结实又雅致的书架放置在客厅两侧。这个家具的故事，我以后再细讲。为这个胡桃木和橡木相间的书架搭配一个厚重感和材质都类似的桌子，是有些难度的。即便委托原木家具店定制，能不能买到合适的椅子也是个问题。椅子不仅要细致舒适，还要结实耐用，若同时具备了这两点，并且设计出彩，那价格必然不菲。

　　一天，我们去无印良品购物，疲惫的我们坐在一张桌子前的椅子上短暂休息。我们既然坐下了，也就如往常一般开始了我们的情景剧。我对黄善宇说"今天的晚餐是龙虾意面啊"之类的，模拟这个家具在我们家里的情形。我们总是很有默契，黄善宇坐在对面配合我。桌子与椅子的高度比例非常完美。我们俩都不高，坐在这个椅子上，都感受到了前所未有的舒适。桌子比一般的餐桌矮，但是又比茶几高。椅子的高度也恰好合适，不过高且很舒适。唯一令我们不满意的便是桌子的设计。浅色橡木合板上钉着厚实的黑色螺丝，圆圆的桌腿看起来就像是学生书桌。椅子也用合板封边条组装成圆溜溜的模样。高度比例是很不错，就是不好看——得出这个结论后，我们便起身了。

那天晚上我躺在床上，脑海中却一直浮现着那套桌椅。不是设计，而是人坐在椅子上面时的那种舒适感，始终挥之不去。第二天我也一直想起它，所以试探了一下黄善宇，但被毫不犹豫地拒绝了。每次经过无印良品时，我都会特意进去看看那个桌子。我不知道怎么就对它念念不忘了。当作为装修总监的我反复提起这套桌椅时，黄善宇也稍微松动了一些。我很相信黄英珠和白志慧的品位，我把桌椅的照片发给了她们，但当即就被两人劝退，我辩称"是因为你们都没坐过"。不过黄善宇最终还是没拗过我，得到她的同意后我立即就买下这个桌子，还把我们一起逛街时同时发现并大叫"就是它了"

的丹麦产吊灯也安在了这个桌子上方的天花板上。现在我们住进来已经有一年多了，这套桌椅成了我们最常逗留的地方。我们在这里写作、吃饭、喝酒、读书，猫咪也非常爱这套椅子。所以在坐之前，一定要用粘尘纸滚一滚，把猫毛清理掉，不过转眼又会有大把的猫毛粘在上面。当时投反对票的那两位好友到家里坐过后，也连说幸好把它们买了回来。它们与放在客厅的原木家具非常和谐，让氛围既不会显得沉重，又不会显得过于轻佻。

　　我们在搬家一周年之际，将装修团队邀请到了家里。我们很感激他们能够在预算有限和工期短的情况下，从未有过任何抱怨，尽心尽力为我们打造出如此漂亮的家。这算是特意准备的报恩餐。我们的家里到处都展现了申海秀、全载亨的巧思和充满关怀的创意。未来，我们也会在居住的过程中一直心怀感激吧。但是各位，这个团队不再提供装修服务了。最后一份幸运被我们独占了。

那些不结婚才知道的事

如果到了我这般年纪还没有结婚，便能窥探到隐藏在世间的一个秘密——不结婚也没什么大不了。正因我没结过婚，才最清楚不过。不结婚真的不会怎样。仔细想想不结婚会发生什么，好像除了结婚的希望越发渺茫，也没有其他的了。我也会思虑自己的未来，也有一些担忧。比如在百岁时代，我的职场生涯能延续到什么时候呢？在未来的职业生涯中，我还需要开发或改进哪里？我兢兢业业工作了近二十年，每月按时缴纳的国民年金[1]要到六十五周岁才能开始领取。如果提前退休了，那要靠什么生活呢？如果国民年金即将收不抵支，我的钱会被拿来补缺口吗？如果因身患重病而死得太早，或者因小病不断而活得太久，怎么办呢？是不是该买些保险？这一件件事简直是越想越令人心惊胆战。可我若是结了

---

[1] 韩国国民养老保险。

婚,这些忧虑便会烟消云散吗?与那些已婚好友聊一聊,我就会发现与其说我们的烦恼性质不同,不如说已婚友人多了几桩育儿或赡养父母之类的烦恼罢了。而作为本应分担、消解烦恼的另一半,反而可能为她们造成更大的烦恼。

　　我现在是全然地轻松惬意,但其实在年复一年没有结婚的日子里也并非一直这么从容自在。三十五岁以后我曾感到前所未有的焦虑,这种不安其实更多的是来源于我周围的人。女性一旦过了"结婚适龄期",即便内心平和,对生活满意,周围似乎也总会有想要招惹你的人。就像是原本宁静的湖面,有人非要朝里扔块石头,打破这份宁静。仿佛女性年过三十之时,便是其周围人被赋予"干涉权"之时,一个个毫不客气、硬生生地就闯入你的领地。初次见面的受访者、陌生的小区居民,还有许久未见的朋友……都会纷纷关心你是否结婚、什么时候结婚,就像是跟你聊聊天气、聊聊南北关系那样毫不避讳。你如果回答"还没有",那将看到各种各样的反应:有好奇不已追问缘由的侦探派;有好似要帮我掩饰我的不够格、含糊不清地说"总会遇到合适的人"的美言派;有贬低你、觉得你看起来挺正常可也找不到对象的攻击派。我们一不小心就会被这些看似充满担忧和关心的话语蒙蔽,可实际上他们从未换位思考过。如若这真的是个问题,最该为此忧虑的自然是当事人,何况这也不是只要想办法就能做成的事儿。并且在这样的私事上，这些人就像被人委以重任，定要你说出计划或表明立场。这又是什么道理呢？未婚女性好像只因年轻就常常成为被无礼干涉的对象。

不过好在随着离适婚年龄核心圈越来越远，这种令人不悦的干涉也会慢慢减少。所以从我的个人经验来看，只要咬着牙坚持几年，或者以达观的心态面对，这一切终将成为过去。而且你会发现某一瞬间你自己也能放下了。刚开始的时候你可能还试图解释，"我不结婚才不是因为没男人追，无恋爱可谈！"可慢慢地你就懒得辩了。就算是没人追又怎样？没有人想要跟我结婚又怎样？我不在乎自己看起来是不是招男人。因为化身男性的欲望客体，并不能使我变得更有价值或是更快乐。

我曾在一次熟人的聚会上听到某已婚男士的"宝石理论"。该理论的核心内容是天下的好女人不可能单身。"一颗价值连城的宝石就算被埋藏在茫茫沙漠中，终有一日也会被世人发现。商人会想尽办法找到它，给出合适的价格，然后纳入怀中。"这位已婚男士似乎并不在意"女性并非商品，而是拥有自我意识和喜好的人"。可每当这种时候，我总是莫名其妙地错过当面反驳的时机，回到家后才会想起要说什么。女性是可以用来交易的商品吗？女性是拥有自由选择权的人！这个理论中可提到了女性的想法？我没能说出这些话来，但能想象自己当时扭曲而僵硬的表情。每每回想起来，我总是后悔自己没能严肃地反驳他。他这自以为是的宝石理论不知还会在何时何地被再次提起，为除我之外的其他单身女性带来不必要的不适感和不悦。

我还曾在某一次采访中听到"精明的黄金女郎"理论。受访者是一位哲学家，他说近来那些有经济实力的女性都非常自私，不谈感情，只在乎对方的条件。他还劝我不要眼光那么高。他这话说得好不轻巧，他又怎知我过去经历了哪些人、哪些事？

只因我未婚便说三道四或是指责我择偶要求太高的人并不在少数，仿佛我有什么缺陷一样。退一万步来讲，就算这些都是事实，当面对人说出这样的话也是无礼至极。可更令人诧异的是，这般无礼的人居然也都结了婚。

后来我渐渐明白了一件事，那就是让我感到不安、焦虑的并非是未婚这件事，而是那一声声"你没结婚那肯定是哪里有问题""如果你一直不结婚，以后肯定会出大问题"……这才是助长我的不安和焦虑的根源。不论那些多管闲事的人如何贬低我，我都清楚地知道自己既不是"有瑕疵的物件"，也不是脾气古怪、不知分寸的人。我只不过经历了几次不算成功的恋爱，也因为太忙碌或是太投入工作而抽不出时间结识新人。我也曾为了结婚而努力相亲，但常常不是价值观不合，就是生活方式迥异。我在经历了这样的阶段后，便自然进入现在的单身阶段。这漫长又多彩的过去是属于我的，并不是谁三言两语就能评判的。而且不得不说，我比他们想象的要幸福得多。

所以当错过适婚年龄的女性怀疑自己，不禁想"难道真的是我有问题吗""难道觉得没有问题才是问题吗"时，请怀疑你的怀疑吧。是原本风平浪静的内心开始波荡了，还是因为他人投掷的石子泛起了涟漪？如果这个人不过是你人生中无关紧要的过客，不如随他去吧。但如果不是，也请不要独自忍受。请认真严肃地告诉对方不要干涉他人的生活吧。因为一个人的自尊远比大多数的社会关系来得重要。并且比起与他人的关系，自己与自己的关系才更加重要。更何况未婚不是缺陷，这一点已经有很多已婚（还有无礼的）人士以自身行为充分证明了。

独居何时会成为独身

同样是单身的生活，可"独居"和"独身"这两个词给人的感觉是截然不同的。不可否认，这存在个人的语感差异。但就我个人来说，独居给人以"结婚或独身生活之前的一段临时过渡期"的感觉。而独身就给人以"半永久、安顿、自制和从容"的感觉。

独居何时会成为独身呢？这个问题就好似毛巾的问题。我们家中有很多印着商标、颜色各异的毛巾。它们没有保质期，所以只要没有破洞，我们无意识中就会一直用下去。反复洗涤的毛巾会越来越薄，不再柔软，且触感和吸水力都会变差。不过人们很难在日常生活中察觉到这种渐进式的变化。打开浴室抽屉，看到的常常是大小、颜色各异的毛巾杂乱无章地堆放在一起的场景。

我记不清具体是从什么时候开始，我每年1月1日一次性把所有毛巾都换成新的。十条面巾、两条浴巾，颜色是统一的白色。每到年末我便会提前购置好，到了

1月1日，我会连同洗碗棉、浴花、牙刷、香皂、厨房抹布等一起换成新的。旧的或是被扔掉，或是成为抹布。购买十二条毛巾比想象的便宜很多（所以人们才常常把印着商标的毛巾当礼品送人）。但颜色和大小统一且触感柔软的十二条毛巾对生活的影响是不可忽视的。每每使用它们，都有一种自己被精心照顾的感觉。每次打开抽屉，也都会有一种生活安定有序的感觉。所以毛巾的保质期有多长？我的回答是——恰好到你更换它的那一刻。

如何区分独居和独身，其实也跟毛巾的问题有相通之处。独居和独身的分界线在哪里？没有人规定过。所以当你有一天认为自己在过独身生活了，那便是了。而在那之前的生活，就像是每条使用时间长短不同的毛巾一样，不知道是何时开始用的，然后也就不知不觉地一直用了下去。我觉得独居和独身最大的区别在于对生活的认知，即你认为当下的生活是暂时的还是半永久的。

我很清楚我的生活是从何时由独居过渡到了独身——就是从我拥有那个漂亮的书架开始。这个书架是我亲爱的好友（在《如何避免用力过猛》一书中对我们俩以绝交为乐趣的友情关系做了详细描述）同时是木工的黄英珠在某家具展会上的出展作品。木材用的是北美硬木，每一处细节都是她亲力亲为的结果，最后的涂层用的是顶级环保油漆。这是一个很大也散发着高级感的书架。仅仅是原材料的成本就很是不菲了。至于这书架到底是如何辗转到了我的手中，就要从那一日说起。那一日我们喝着覆盆子酒，酒至半酣——

"这次参展我都没钱买原材料。"

"啊？（嗝）那……不如给我做书架吧——排满整面墙，很酷的那种。原材料的钱我出！"

事情的经过就是这样。在微醺的状态下，我变成了好友的赞助商。当时恰巧有一个拖了很久未结款的项目一次性结清了费用，我手头较为宽裕。第二天我便把钱打给了她。在那之后的一段时间里，黄英珠一直叫我"美第奇"（因对文化和艺术的赞助而闻名的意大利名门望族）。书架的制作过程繁复且漫长，成品的价值可抵一辆车。而我只出了个原材料费，也就相当于用二手车的价格买了辆新车。

书架摆在我家，装饰了一整面墙，它是那么美丽和迷人。这是我那身材娇小的好友亲手制作的厚重又体面的家具。它不仅仅是一个书架，更是我家中意义非凡的东西。胡桃木与橡木美丽的颜色和纹理、厚实整洁的线条、光滑温暖的质感、格子间的布局和均衡感……重塑了我对家的感觉。我觉得自己成了大人。我开始在购买小物件或是其他家具时变得慎重，会先考虑其与书架是否般配。从此，我的家具或物品不再是未来某一特别节点到来之前临时使用的东西。其实也没有什么特定的日子是用来购买"真正像样的东西"的。自从这个像样的东西不知怎地到了我家后，我的生活似乎也得到了规整。这或许就是美丽的事物所具有的力量吧。所以对于我来说，独居与独身的分界线就是这个书架来到我家的那一天。

  我端正的独身生活，现在已经变成了同居生活。我们把书架分别摆放在客厅两侧的墙前。每当我在"照片墙"上传家的照片时，总有人问我这个书架是在哪里买的。这时我会骄傲又不无遗憾地告诉对方，"这是我的好友亲手制作的，世上只此一件，无处可买"。黄英珠已经不再制作家具了。它的设计被一个家具厂商剽窃了，或许在韩国这样的事无法避免。黄英珠偶然得知这件事后，还曾找这家公司进行抗议。但韩国的法律尚无法解决这样的事。而那个工厂批量生产的盗版家具，终究无法像我的书架那样散发光芒。（受到惩罚吧！）在家具行业打拼十年且早已疲惫不堪的黄英珠现在转了行，在我所住的那片小区开了酒吧，当了老板（韩国颇多个体户同样不易）。我们还打算在这间酒吧——望远洞"巴塞罗那"举办这本书的出版纪念会。

拒绝断舍离的人

"您女儿是明星吗？"

我从海外出差归来时，母亲就迫不及待地将搬家师傅的这句话转述给我。搬家那天恰逢我出差，所以父母便从釜山来到首尔帮我整理行李。正是我堆积如山的衣物令搬家师傅说出了那番话。而母亲的想法经由第三者得到了印证后，由此认为有了客观依据，也更加有了底气。"我一早就说过让你把衣服扔一扔的吧？搬到新家后你可要整理整理啊。"按照搬家师傅的逻辑，衣物多到超出常规的人必定是明星，可我这个案例证明这条逻辑是错的。我多的可不仅是衣服，还有光盘、黑胶唱片、杯子、碗具……每两年因为租期到了[1]而搬家时，我会在告知搬家公司房屋面积的同时，格外强调我的行李大概有新婚夫妻的行李那么多。不然若只说我独居，开来的货

---

[1] 韩国的全租房一般两年起租。两年后因为涨租或是其他原因，租客常常就会选择搬家。

车就完全不够装。

如果衣物多就是明星，那么书籍、光盘、黑胶唱片、杯子、碗碟等各类私人物品都很多的人是什么呢？总之可以确定的是，每次搬家时，我都会成为搬家公司需要特别关注的对象。金荷娜是《盖洛普优势识别器2.0》的忠诚信徒，我做过这本书附赠的在线心理测试，结果我的五大优势标签之一便是"收集"。我就像喜欢把闪闪发亮的东西都叼回窝里的乌鸦一样，喜欢一点点囤积东西，只不过问题在于这些闪闪发亮的东西杂七碎八的，有银勺、铝箔纸，还有不锈钢包装箱等。

有一天我的同居人兴奋地跟我说："你知道有一本书叫《什么都舍不得扔的人》吗？它简直是为你而写的书，我买回来了，你一定记得看。"我静静地听着，没有说话。因为这本书从名字开始就仿佛是在说我，我早已经看过它了，我还买过一本《怦然心动的人生整理魔法》[1]。有一次我想按照这本书试着整理一下屋子，可因为屋子太乱，我实在找不到这本书在哪儿。所以"怦然心动的人生"这一愿景，最终只得以失败告终。物欲强又什么都舍不得扔的人，对有关整理的书籍都充满了贪欲。当我独居时，曾来我家玩的金荷娜看到没有一面墙是空的，由此惊讶不已。我很感激她经常会在我不在时帮我收拾

---

[1] 作者近藤麻理惠。

整理屋子。我以前也见过这样的人。我小时候去乡下的奶奶家时，婚后就住在附近的五姑姑时不时会来奶奶家帮忙收拾屋子。金荷娜有一半是出于想帮我，但恐怕也有一半是实在看不得屋子乱成那样。就像习惯整洁的五姑姑看不得奶奶家那么乱一样。

我想稍微辩解一下，我以前住的房子倒也没有乱到那个程度。我独居的最后一个房子是位于上水洞的阁楼房。当时房东往返于中韩两国做生意，非常忙碌。那个房子不仅租金低，在我居住期间也从没有涨过房租。所以我一住就是七年，生活不知不觉就像是满满的蓄水池。东西是越积越多，生活节奏也是越来越快。我扔东西的速度越来越赶不上买东西的速度。简言之，这套小小的房子中堆积的东西逐渐超出了房子的容纳度……结果就是家里没有一面墙是空的。

不同的是，当我去金荷娜家时，她那简约整洁的家令我大受震撼。在她的家里就连猫屎铲、塑料袋都有各自的位置，被整理得井井有条。那是因为除了书籍和唱片，承载每种功能的东西有且仅有一件。对了，还有两种打破她这简约生活的东西要排除在外，那就是非常多的酒瓶和各式各样的酒杯。她的衣服也是少到出奇！两个衣柜居然就足以收纳她所有的衣物！作为在四季分明的韩国生活二十余年的现代女性，到底是如何做到这一点的呢？我想起自己那挂得满满当当的双层衣架。这衣架曾因无法承受衣物的重量而坍塌，还不止一次。金荷娜当然也曾因坍塌事故而惊愕不已。可当我在公司说起这件事时，没人表示惊讶，反而连连点头。"衣架总归会坍塌个一两次吧？"那些个性鲜明又独特的时尚杂志编辑，在这一刻实现了思想上的统一。

　　金荷娜位于三清洞的家的窗外便是秀美的仁王山。房子朝西，所以比较热。可她用一台小小的空气循环风扇就能度过一整个夏天。按她的话来说，家小没地方放家电，更没精力维护它们。何况也没遇见特别好看的风扇，用它就足够了。那时我仿佛看到金荷娜身后散发着祥和的佛性光辉，其中闪耀着三个字"不占有"（此后她便荣获"望远洞惠敏大师"的称号）。反观我，在大差不差的房子里，不仅用着一台与金荷娜家差不多大小的空气循环风扇，还有空调和一大一小的两台风扇。如果说金荷娜是极简主义者，仅仅拥有一个人生活所必需的东西，那我就是极繁主义者，所拥有的东西已经大大超出了一个人的最大限度。爱惜物品并能用很久很久的那个是金荷娜，轮着用好多个并且在其中一个坏了时心里想着"修一修吧"，然后转头就去买个新的那个就是我。地球环境应该会更爱金荷娜这样的人，而资本主义体系应该会更欢迎我这样的消费者。

　　如此不同的两个人，尤其是对物质的态度截然不同的两个人一起生活后，不可避免地会在很多事情上产生摩擦。在一个房子里生活，其实就是在有限的空间里完成物品的循环——买东西，使用它，维护它以免其损坏，最后扔掉它。说实话，我是那种一股脑儿地买回来却毫不爱惜的人，没什么维护物品的概念，当然也没有这个天赋，同时不怎么扔东西。我的指甲刀居然没有一个固定的位置，这件事让金荷娜觉得很神奇。她会将指甲刀放在固定的抽屉里，每次想要使用它就会从那儿拿出来，用好后再放回原位。而我会在卧室抽屉、浴室抽屉、衣帽间杂物托盘、客厅收纳篮等我会经过的每一个地方，都各放一个。这样想起来要用指甲刀时，我就可以去离我最近的地方找。房子这么大，为什么非要将指甲刀放在一个位置呢？况且所有的指甲刀都是不一样的呀，有用久后特别顺手的，有专门剪趾甲的大指甲刀，有去东京旅游时买回来并承载回忆的，还有放在可爱的印花个人护理套装里的……其中也不乏因找不到自己的位置而消失的。不对啊，原本有七个，剩下的三个哪儿去了？

"房子会折射出主人的内心。""房如其主。"我很讨厌这样的话。如果这是真的，那我的灵魂定然浑浊不堪。我不愿相信我自己是这样的。比起居住空间，我更追求精神空间。并且在我看来，以房子判断一个人，就像断言一个胖人必定懒惰一样简单粗暴。有的人看起来体面，可内心空洞，有的人即便房子乱，可在工作时依然高效和条理清晰。假设房子能够折射出主人的内心世界，我与金荷娜的同居必将带领我们去往不同的方向——她朝杂乱无章的方向，而我朝更加整洁干净的方向。搬家后行李还没收拾好，我又从离职的公司带回不少行李。想必目睹这些的同居人的内心不断上演极力忍耐和心烦意乱的拉锯战。

我在与金荷娜吵架时，听到的最令我伤心的话就是"你就一辈子像个堆积者一样生活吧"。这句话之所以比骂我是白痴更打击我，是因为其中隐含着连我自己也无法否认的真相。我可能会成为一个什么都舍不得扔，把垃圾都搂在怀里生活的堆积老奶奶。然而我最怕自己成这样。但重要的是，我正在努力改变。这不是说我舍得扔了，而是我开始节制消费了。我承诺同居人在扔掉家里的某件东西前就不买新的。此外，在我颇为享受还贷的乐趣时，购物的吸引力也没有那么大了。比起买化妆品、衣服，我更沉迷于让钱生钱，比如购买新的存款产品，或者在汇率低时买入美元、日元等。每次购物欲膨胀时，我便会想起那令我心痛的话。虽然我现在依然拥有很多很多的书、光盘、黑胶唱片、杯子、碗碟、指甲刀等，但是我不想成为一个被一堆东西围绕的老奶奶，并抱着它们独自老去。我更想跟我的同居人一起友好地老去。极繁主义者与极简主义者一起生活时，人类的改造过程可真是漫长和痛苦啊。

像鸟巢一样的家

金

黄善宇和金荷娜在四十年的人生中第一次拥有了自己的房子。2016年12月6日下午2点左右,我们搬进了新家。冬天的寒风从敞开的阳台窗户灌了进来,我看着鱼贯而入的行李,非常想趁着大家不注意乘电梯跑掉。再也不要回来了,要逃到谁都找不到我的地方,在那里度过余生。我是怎么在翘首以盼的搬家日有了这样的想法?事情要追溯到大约十个月前……

那天晚上黄善宇第一次邀请我去她家。我满街寻找红酒和鲜花时,收到了她的一则信息。

"我家今天太乱了,要不还是下次吧?"

"乱一点有什么关系?我先往你那儿去吧。"

那时正值寒冬,而我也已经从三清洞的家走出了好远。所以我回了信息后,就径直去往她家。我几乎都到黄善宇家门前了,可她仍旧没有让我进门,而是让我在附近的一间酒吧等她。随后她一脸憔悴地出现在我面前，好似饱受了一番苦难，然后反复强调"今天真的不行"。理由是虽然大清扫已经进行了好多天，东西也扔了一批又一批，可家里还是难以招待客人。她原以为今天能收拾好，可结果不容乐观。我们就着烤串喝了几杯啤酒，我锲而不舍地缠着她带我回家，并表示不介意家里乱不乱。那时的我们已经在讨论是否要同居的事了，所以了解对方平日是怎样生活的也很重要。黄善宇时常来我家玩，每次看到我家整洁的样子时都会说"我家里可不这样，我家绝对没办法这么整洁"。此外，我很久前就盼望见到巨猫吾郎，所以这次我从几天前就开始期待了。

  黄善宇或许是出于歉意，觉得不该在大冷天把人叫来又赶回去，最后还是选择妥协并带我去了她家。得逞的我自然乐开了花。走过咖啡店和美发沙龙，一幢干干净净的建筑出现在了巷子里。从阶梯走到四楼，然后再爬一段露天铁楼梯，便看到一套阁楼房。还算开阔的空间积了层厚厚的"白雪"。下雪了？我定睛一看，原来是由于月色朦胧，我看走了眼，那竟是雪白的垃圾袋。铺满了雪白垃圾袋的阁楼，看起来像雪原一样美丽……请允许我为回忆加一层滤镜吧。打开铁门，先踏入阳台，然后再开一道玄关门才算是进了屋。黄善宇一把将我从阳台推进了屋里，不愿让我看到阳台。然后，我终于走进了黄善宇生活了六年的家。

也是第一次，我见到了吾郎和永裴。它们俩是不折不扣的"待客猫"，跟我家胆小如鼠的两只猫完全不一样。它们已经静候在玄关前，满眼好奇地在我身上嗅来嗅去，像是在说"这小小的人是谁？"吾郎真的很壮实，相比之下永裴显得更娇小了。两只猫都漂亮极了。看到日思夜想的吾郎和永裴，我非常开心。但更令我兴奋的是，我终于来到了这个人的家——我在推特上关注这个人很久了，一直觉得她很棒。她的家很温馨。怎么说呢？就像个鸟巢。客厅兼厨房摆满了书，我随便一扫射就能发现我们有很多一样的书，她还有很多我一直想看但还没看的书。我们果然气味相投。不仅这里，卧室里也放满了书。我仔细一看，书旁边摆着大量的光盘和黑胶唱片（这个爱好也很合我的心意）。视线再向旁边移一点，就看到一个巨大的"山脉"。这个"山脉"是由衣服、包包、首饰垒起来的（显然我们的时尚品位并不一致），坐落在卧室内，占据了半壁江山。卫生间里有洗发水、护发素、发膜、洗面奶、沐浴露、磨砂膏、身体乳、身体霜、香皂、洗手液、面膜、鼻贴、小钳子等，每样至少都有五个，有的（身体乳）甚至有十几个之多。并且后来我才知道，这些也只是正在用的，那些还没开封的足足有这些的五倍。狭小的卫生间被填得满满当当，浴室收纳架上的毛巾也多到放不下，散落在四处。

是的，总的来说，这个家要用"多"来形容，什么都很多。就像乌鸦喜欢收集亮晶晶的东西，黄善宇喜欢通过收集和不扔把这个家填满到让人无处落脚。她作为高端时尚杂志的编辑，收到的各品牌方的公关礼品也是不计其数，后来我对提出收礼法案的金英兰大法官的敬意油然而生。黄善宇的家其实并不小，足够一个人生活，但没有太多可令人移动的空间了。所以我才会觉得它像鸟巢一样温馨。我很喜欢那个家。它折射出了我眼中这个魅力四射的人的性格和内心。东西很多，有趣的也不少，这勾起了我参观的兴趣。那晚我们享用着我带来的小蛋糕和红酒，愉快地聊着天，也感慨两人的房子怎会如此极端地不同。

　　时间再次回到 2016 年 12 月 6 日下午 2 点，我站在将与黄善宇共同生活的家里，冷风不断吹在我的脸上。我在想十个月前我为什么没有预料到今天。当时可到处都有迹可循啊——那堆满阁楼室外的垃圾袋，那走两步就会被什么东西绊到脚的房子！我当时到底是怎么想的？我竟然把这么多东西纳入我的生活？难不成我是被魅力蒙蔽了双眼吗？！

家养精灵"多比"的诞生

在有了第一次温馨愉快的串门经历后，我常常去黄善宇家玩。我当时每周都去弘大的想象空间学习有关广告撰稿人的课程。上完两小时的课后，我不免口干舌燥，所以常想喝杯啤酒。从想象空间多走几步，就会有日式烧烤店，与黄善宇在此一起喝个几杯成了我们的常规。每次见面时，我们总是有聊不完的天儿，所以一般会在便利店买四罐啤酒后到黄善宇家分享彼此的音乐并玩闹到深夜。就这样在黄善宇家过夜便成了常事。因为在深夜的时候，如果从上水洞打车到三清洞并让司机开进小巷子直接到家门前，经常就有很不愉快的乘车体验。所以无须早起上班的我会直接在这里过夜，到了第二天中午才慢悠悠地回到自己的家中。我会在没有主人的家里睡到很晚才起，把前夜弄乱的地方收拾好，顺便也收拾收拾屋子。这对我来说只是顺手的事，算不上什么。可每次黄善宇下班回家后看到我收拾好的屋子，就会深受感动地发来信息:"我还以为走错了门!我家怎么会这么整洁!"

有一部薛景求和全度妍主演的老电影叫《求偶一支公》。黄善宇需要的正是一名"妻子"。我仅仅通过推特就能推断出黄善宇绝对缺少时间,无暇顾及家中。她不断辗转于英国、美国、意大利、马尔代夫等地出差,打卡首尔市区新的人气场所,并由于交友广泛总是邀约不断,只要是音乐表演就会去看,剩下的时间还要在汉江边上跑步。如果黄善宇是个男士,一定会有不少人夸赞他能力出众,并时不时地敦促他"你也该找个妻子安定下来了"或"单身男人可不都是这样嘛"。但是女性被要求不仅在职场上出色,还要懂得顾家。人们会说"看这家里,哪像个女人的家",但不会说"快找个丈夫,帮你管管家吧"。可内外兼顾,对谁都不是容易的事。任何一个常年在外奔波奋斗的人,都需要一个能够照料其生活起居的"妻子"。而这个"妻子"可以是男性,也可以是女性,也可以是家政阿姨。

说到爱旅行、爱社交,我也是当仁不让的。不过与黄善宇不同的是,我也很喜欢收拾家里。我只是稍稍动一动,就能让对方开心,这也挺让我有成就感的。我很钦佩黄善宇能取得如此的职业成就,并且拥有如此充沛的精力。同样作为女性能够支持她、为她加油,也是很开心的事。还有更开心的事,那就是黄善宇总是会用一桌无与伦比的美食来犒劳我。

得到官方许可后,我开始正式看顾黄善宇的家。我把家里的工具箱拿了过来。第一次去黄善宇家时,最让我惊讶的就是门槛上乱成一团的网线。可不论是人还是猫,都像看不到它似的,径直地跨过。我用固定电缆的钉子将网线在暗处绕了一圈固定好。从玄关门到抽屉,只要是个把手,就没有不松的。所以我拿着螺丝刀把那些松动的把手修理了一遍。卫生间的盥洗台因为黄善宇在几年前摔了个什么东西,穿了个洞。在一个需要庆祝的日子,我去购买了新的盥洗台,并叫安装师傅把旧的换下来并把新的安上去,以此当作礼物。还有洒在卧室地板上已经干涸的银色指甲油,已经在那里好几年了,我用胶水清洁剂把它擦干净了。我已经记不清扔掉了多少东西。很多东西甚至还来不及用就已经过期了,或者干脆粘连在一起。那个房子里还有大概十箱因为放置太久已经发黄的A4打印材料、展览宣传物料等,以及二十多把闲置的雨伞、一千多支不出油的笔。我将那些可能一辈子都用不完的身体乳分给了朋友,把没有地方收纳的毛巾分成两类,一类当作抹布,一类则被我处理长长的线头和起球的地方后,整齐地叠放在柜子里。我把垃圾桶、收纳台、晾碗架、毛巾架、橱柜内置物架等也都换成了新的。我还重新做了收纳布局。两台笨重的真空吸尘器挡在燃气灶前,我就算煮袋泡面都要先把它们移到别处。我用过之后发现性能也都不尽如人意,翻开吸尘头一看,它们已经被头发、灰尘之类的死死堵住。其中一个我拆卸了吸尘头并清洗了一番,然后换了新的电池。另一个被我扔掉了。反正这个房子里也没有多少空间需要使用吸尘器。燃气灶上厚厚的一层油污,仿佛诉说着那已化为黄善宇的血与肉的食物历史,而我凭借清洁剂与清洁球成了这段历史的终结者。

冰箱门一开,一堆东西哗啦啦地往下掉。她活在当下的人生态度,由此可窥豹一斑。她没有时间为下一次开冰箱门的自己考虑。她打开门,只要看到牛奶和火腿之间有两三厘米的缝隙,就无论如何都会把啤酒塞进去,然后迅速把门关上。所以她每次打开冰箱时,那些没找到自己位置的东西,就会全部掉落下来。而这对黄善宇来说就是打开冰箱门时会自然发生的现象。经她允许,我开始整理冰箱,其间发现了高档品牌的限量巧克力。喜欢巧克力的我顿时喜出望外,可再一看,发现它竟已过期三年了。要说冰箱的故事,那恐怕要占一半的篇幅才行。但我打算以此为冰箱的故事画上句号——我在蔬菜柜里掏出一个塑料袋包着的神秘又大块的生蚝状东西,它滑溜溜、黑乎乎,又黏稠稠。好了,冰箱大清理的大剧就此落幕吧。至于此"生蚝"的真实身份,它是一个不知何时进入乐活圣殿,又被监禁在地下监狱的卷心菜……

黄善宇有一次需要去纽约长期出差，为了照顾她的两只猫，我需要经常去她家里。那时我开启了一个重大清扫项目，那是我第一次去黄善宇家时，她一把将我推进玄关并企图掩藏的那个空间——阳台。她搬来的这六年来，似乎从未打扫这里。令人惊讶的是，这个空间塞满了各种鞋子——不，其实也不是什么值得惊讶的事。毕竟黄善宇什么东西都多，虽然玄关的鞋柜已经放满了鞋，但那个空间显然不够。她每个种类的鞋都很多，尤其运动鞋大概有五十多双。还有在《金英兰法》实施前，某品牌送给喜欢跑步的黄善宇的最新款跑鞋也有不少。此情此景之下，我的内心再一次对金英兰大法官产生了深深的敬意……问题是鞋柜都放置得很随意，这导致玄关门都无法完全打开。我用了两天一夜清洗了阳台，然后重新放置了鞋柜，这样使用起来更加方便，并且还扔掉了明显穿不了的鞋。出差回来后的黄善宇在打开阳台门的瞬间，就露出了《如果爱》委托人才会有的那种表情，然后在整洁如新的厨房为我做了全世界最美味的意大利面。

当我写下这些时才发现，即便有些事对于我也不算是"稍稍动一动"，不过当我每天都看到变得更舒适、活动空间也越来越大的房子，还有下班后黄善宇惊喜的表情时，也觉得很值得。那时黄善宇叫我"多比"，它是《哈利·波特》中的家养精灵。某一天黄善宇送了我一双漂亮的袜子,因为《哈利·波特》中多比在收到袜子后就能恢复自由之身。可现实是,我这个"多比"穿上那双袜子后,清洁起了燃气灶……

两种人生的碰撞

时间再次回到搬家的那一刻，我看着眼前的行李。那天是黄善宇月刊的截稿期，下午她不得不回公司。所以我需要一个人判断这些行李应该放在哪里，然后告诉搬家师傅。可问题是根本没有地方放行李。黄善宇原来的家具或收纳柜都是她开始独居时购买的，她什么都舍不得扔，就一直用了下去，需要时便再一点点添置新的收纳家具。所以那些家具完全不适合新家的风格，而且都是为了用到"这一刻"而买的。"这一刻"指的是因结婚等重大生活变化，而走上"真正的"人生轨道的时刻。可什么是真正的人生轨道呢？有的人认为学生时代只是为高考而存在的阶段，用我好友黄英珠的一句话来说，就是"学生时代是一个正正经经的'时代'"。有的人还认为单身时期是为准备结婚而存在的前期阶段。在结婚越来越晚的现在，这段单身时期也被不断拉长，甚至占据了人生很大的一部分。如果这样，我们还将这段时间当作进入

"真正的人生"之前的序曲,那么无异于延缓人生。不确定是否会结婚的黄善宇延缓了相当长的一段时间,恰逢想要开启新生活的时候,遇到了志同道合的我。

搬家的那一刻,那些原本被放在黄善宇家具中的东西没了归处,一股脑儿地被倾倒在新家的地板上。除了没地方收纳的东西,还有很多不知该扔该留的东西,地面上杂七杂八的,什么都有。本该在搬家前就收拾好,把该扔的都扔掉,但出于各种缘由就耽误了。原因不仅仅是忙,我先从家里搬出来并暂住在黄善宇家时,曾立下豪言壮语:"没事儿,不用收拾,搬家后我会帮你收拾的。"可此刻,通过阳台的窗户[1]不断涌入房里的行李,让我在曾发出的豪言壮语面前顿时变得矮小了许多。那些曾被放在柜子里的我未能确切感受到实体的东西,正在我的眼前堆砌成一座大山。它很像庆州的大王陵。内在的我泪流满面,每一根汗毛都体会到了郑玄宗诗中的真意。

一个人的到来/其实是一件天大的事/因为他/不仅带来了他的过去/现在/还带来了他的未来/他的一生都将随之而来。

——郑玄宗《访客》

---

[1] 在韩国搬家时一般会利用云梯从窗户搬进或搬出东西。

我们俩在开始同居前，曾与另一位好友一行三人去冰岛旅游了一周。亚欧和美洲两个巨大的大陆板块在那里交接。那个地方由于地球的板块碰撞而形成，而我们的同居就像亚欧大陆与美洲大陆的碰撞。我们刚开始惊讶于彼此如此相像，后来更惊讶于彼此竟是如此不同。我们真是截然不同的两个人。要命的是，其中大多数差异是生活习惯的差异，我们彼此的碰撞也就如同海浪一样，一浪接着一浪，不停地翻滚。

我们在四十年里各自养成的生活习惯自然难以改变。既没有谁对谁错，也不是通过几个条款或承诺就能解决问题的。帮黄善宇看顾家是我释放的善意，所以我想做到什么程度都没问题。黄善宇才是那个家的最终责任人，而我说到底也就是帮帮忙。所以即便东西没有按我的心意摆放或布置，我也毫无意见。可是现在这里也是我的家了，看着眼前还在堆积的"大王陵"，我不由浑身一激灵。那是黄善宇的生活习惯之浪冲击了四十年形成的地貌。而我未来的每一天都将在这逆浪中寻求共存之道。当然这一点对黄善宇——现在应该说是同居人，也是一样的。

吵架的技巧

相处得好，也意味着精通吵架之道。生活中只要存在与他人的立场差异和矛盾，便无法避免争吵。长久以来，我对自己还有吵架都有很深的误会。我以为我不是容易与他人起争执的人，也认为生活中应该尽量避免与他人冲突。我每当看到有人大声争吵时都会纳闷儿，有什么事值得他们如此大动肝火？如果与恋人或好友的大吵一触即发，我一般都会在冷淡的氛围中选择尽快回家，而不是跟对方比谁的声音更大，然后一个人反复咀嚼、消化情绪，或用其他事转移注意力来平复心情。若彼此能忘记不快并和好如初那便最好，可如果争吵反复不断，触动我的底线，我就会逐渐疏远对方。我不喜欢将委屈和不满表达出来，以免发生冲突，我心里有一个"资产负债表"，我会将所有的期待、失望和评价一笔笔记录上去。

我第一次知道"Cry me a river"这个表达是从一首

歌里，本以为它的意思是泪流成河，后来才意外发现它的含义居然是"任你如何哭泣，我也无动于衷"。这个世界上有的人能哭得惊天动地，而有的人愤怒时会像台风席卷而过——没错，说的正是金荷娜。在情景喜剧《老友记》中，罗斯发现自己的三明治便当被研究室里的某个人吃掉后大声尖叫，而他的尖叫伴随着中央公园里鸽子的惊慌而飞和纽约摩天大楼的震动摇晃。如果要为金荷娜发火的场面也加入特效，我想应该提前准备火山爆发、熔岩喷射的影像资料。这个多血质的人就像她自己的书中所写的，曾因各种各样的理由与相交二十余年的闺密黄英珠反复绝交、和好。像我这种极力避免争吵、当失望累积到一定程度便逐渐疏远的人，对她们的相处模式感到非常神奇。至少，在我们一起生活之前，是这样的。但现在我不能再说风凉话了。因为她绝交的这个对象，也有可能变成我。

我们争吵过无数次，甚至在写这本书并询问对方"我们为什么吵"的时候，差一点又吵了一次。为我的东西太多而争吵，为东西已经这么多了还舍不得扔而争吵，为我总是不收拾洗好的衣服而争吵，为说好第二天一起去旅行但前一晚跟朋友聚到太晚而争吵。一起生活后，我们竟发现彼此的一切都是如此格格不入，从我想要拥有的东西的量和对方认为适度的量，到有多能容忍不够整洁的屋子，再到旅行前愿意花多少精力收拾屋子等，这些差异开始一点点显现出来，在我们彼此空间的接合处划出了巨大的裂缝，而坠入裂缝的我们痛苦地挣扎着。并且争吵方式的不同令我们的碰撞更为激烈。我常是垒起巨大的冰墙并躲在后面，而金荷娜会从正面不停地轰击我。若台风即将上岸，我便一溜烟地逃到房里躲起来。可金荷娜会紧随其后，霍地打开房门，气急败坏地说"你怎么还能睡得着？"我确实有些昏昏欲睡，我只要睡一觉，第二天心情就能恢复……

后来我得知心理学把我这样的人归为逃避建立亲密关系的类型。比起针锋相对，我更愿意柔和委婉一些，面对冲突也永远选择回避。虽然看似独立冷静，但其实非常卑鄙。因为不想失望，所以假装从不期待。因为不想有冲突，所以假装毫不在意。这样的人之所以很少与人争吵，并不是因为成熟，而是因为不够成熟。过去如果因为争执而伤了心，只要躲回家中，像躲在洞穴中一样让自己恢复便好了。但是现在不一样了，当你跟同居人发生争吵时，你是藏无可藏、避无可避的。之前我并不需要这么深入地解决与他人之间的矛盾，可现在我若退一步便是万丈悬崖，所以只能选择正面突破。我要好好地争吵。

我们依然会说错话，做错事。我们会因为彼此不同的生活习惯和规律而发生摩擦，也会因为没有保持适当的距离而侵犯对方的领地。但是我们的争吵确实越来越少了。我曾下意识地觉得争吵是个纠错的行为,所以每次都急于为自己的所作所为去辩解。我试图让对方理解我的逻辑,向对方解释我为何那样想、那样做。但是在对方看来,这不过是辩解而已。我更应该做的是在对方感到气愤和委屈时与对方共情,给予对方安慰。而在过去,就连吵架时,我的关注点居然也都在自己身上。

　　晚是晚了些,但我学会了一套吵架的技巧。那就是第一时间真诚地道歉,承认自己做错的地方,让对方知道我注意到了他的情绪,表示理解和共情。这些最基本的道理,是在我与其他人共同生活后才学会的。吵架没有隔夜仇的不应仅仅是夫妻,一起生活的朋友之间也该如此。我们常常要好到似乎从未吵过架。没有隔夜仇的吵架方式也确实能解决很多问题。

　　争吵的目的是什么呢?是用我最锋利的武器击中对方要害、让对方一击毙命,还是打到对方无法再站起来,然后再踩上几脚呢?不,那些一起生活或未来也要一起生活的人之间的争吵是未来遗忘。我们拿起铁锹,挖出一条沟渠,让所有的情绪都顺着沟渠流走,然后让一切重新回到原点。这便是争吵的目的。

　　一个人当然也能幸福,可你一旦决定让某个人进入你的世界,就要努力关注对方的情绪,关注对方是否安好。我们依旧会争吵,然后又很快和好,继而再一次争吵。我们会反复原谅彼此,然后再一次失望,但永远会怀抱更大的期望。我们永远都给对方机会。持续的交战状态比全无争吵带来的脆弱的和平来得更加健康,我深知这一点。

"特福大战"与生日宴

金

从搬家那一天,同居人就接近发刊截止期,每天都会加班到很晚。所以每天只能由我整理新家。我希望家里尽快变得整洁,所以一刻不停地收拾。我也希望同居人每次下班回家都能看到更整洁的屋子。但这就像西西弗斯推着巨石上山一样[1]。新家不仅没有足够的收纳空间,而且有很多东西我不知是扔是留。此外,刚开始一起生活的四只猫每日都会明争暗斗,让我的精神更为紧绷。(而且每天需要铲的猫屎和清理的猫毛都是过去的两倍。)我开始萎靡不振,也越来越烦躁。就这样过了几天后,我们家最终爆发了"特福大战"。

当长期独居的两人住在一起后,很多东西自然都成了双份儿。我们有两台电视机、两个微波炉、两个燃气

---

[1] 希腊神话中的人物西西弗斯,因触犯众神被诸神惩罚,日复一日推着一块巨石上山,但巨石每每未上山顶就又滚下山去,前功尽弃,于是他就不断重复、永无止境地做这件事。

灶，把这些各挑出一个处理掉了。我的壁挂电视机虽然更大，但是同居人以其外观丑陋为由反对留下它，所以就把它送给了朋友。我把我的惠而浦微波炉也送给了准备开餐厅的朋友。后来我在收拾东西时，发现有两台型号一样的特福电水壶，二者唯一的区别是我的电水壶容量是1升，同居人的是1.7升。家里用不到两台电水壶，所以我打算只留一台。同居人不是爱惜物品的人，所以她的电水壶已经很旧了，而且我觉得也没必要用这么大的。所以我发了信息后就转身去收拾别的东西了。

"这个可以扔掉吗？家里有两台，小容量的就够用了。"

"可是大的用起来方便。"

"煮两包方便面，用1升的就足够了。"

"可是给热水袋灌水时，还是大的更好用。"

我想起曾看的某一档解决夫妻问题的电视节目。当时有一对夫妻被问到因何闹矛盾时，妻子说"真的都是很琐碎的事，比如脱成一团的袜子"。紧接着亲切的咨询师操着一口地道的庆尚道方言说道，"夫妇之间呀，没有什么是小事儿，都是些琐事，日积月累后才引起了大战。就像在杯子中装水，只要再装一滴水就会溢出来。夫妻之间也是一样的道理"。分享私密空间的同居人之间其实也是一样的。自从搬过来的那天，不，或许是在那之前，我杯子里的水就已经越装越满了，而就在将溢不溢的时候，特福电水壶成为那最后一滴水。内心压抑已久的情绪终于全面爆发了。我一个人在乱成一团的家里孤军奋战了一天，你却无法放弃这小小的0.7升的差异吗？就是因为你什么都不舍得扔，家里才会变成这样啊！就连从前帮黄善宇收拾上水洞的房子的记忆都瞬间涌了上来。虽然我是愉快地主动帮忙的，但当一个人身心俱疲时，一切事都会陡增你的烦躁和愤怒。所以人不能太逞强。虽然我不期待回报，但又未尝不是我亲手让我们彼此的内心背上沉重的包袱呢？

我用长篇短信轰炸黄善宇，把所有情绪一股脑儿倾倒了出去。短信以"你这一辈子就活成堆积者的样子吧"开始，整个过程就像一场说唱对决，一发不可收拾。我本来以为，如果一起生活，就能在更舒适宽敞的家里过更好的生活，但是现在内心如坠入地狱般极为煎熬。我感到未来人生无望。我也不想再看到那个1.7升的特福电水壶。我把它扔在橱柜里，大力摔门回了房间。一整天没有任何音讯的同居人，在深夜下班回家后进了衣帽间，就没有再出来。我在愤怒中渐渐入睡。第二日早晨，同居人红肿着眼睛，手里拎着一堆垃圾袋走出了衣帽间。看来是哭了一整晚，也收拾了一整晚。瞬间我感到后悔不已，可说不出一句道歉的话。同居人上班后，我原本怨怼的情绪无影无踪，又开始收拾起了房子。

有关婚姻生活，同居人曾经的上司李惠珠说过这样一句话，"虽然只是两个人生活，但也像是集体生活"。同居最要紧的就是彼此的生活方式合拍，愿意为共同的生活而努力，这样就算有了矛盾，也能够化解。那天晚上我跟同居人互诉委屈后，便重归于好了。最后我们没有扔掉任何一台特福电水壶，因为它原本就不是问题的核心。只不过那 0.7 升恰巧是"最后一滴水"而已。

刚开始同居时，我们因为无法接受彼此极端不同的方方面面而经常争吵，甚至会声嘶力竭，也会哭（同居人说她这辈子都没见过发火时这么大声、这么可怕的人）。同居两年后的现在，我们已经很少吵架了。我们逐渐不再有控制对方的欲望，我们心中有了共同期待的家的样子，也清楚了彼此想要拥有的独立时间和空间，且在一起努力维持这些。想要改变对方的行为只会招来争吵，何况这原本也是不切实际的。为了相同的目标共同努力，才是集体生活中必不可少的团队精神。在与同居人生活的过程中，我不再强迫自己保持整洁。就算家里不够整洁，我也没有那么无法忍受了。我甚至能够饶有兴致地观察家里那些由一个个群落形成的物品生态系统。而同居人则开始控制自己想拥有更多物品的欲望。可以说，我们找到了一个平衡的状态。

几天后，我的生日到了。同居人的发刊截止期也恰巧在前一日。而家里已经相当整洁了。那一天，我迎来了我人生中最隆重的生日大餐。她知道我喜欢梭子蟹，特意蒸了好大一只，还做了牛肉海带汤、虾、生蚝、煎肉饼、沙拉、拌菜等，生日餐丰盛到偌大的餐桌都快放不下了。此外，同居人为我倒了杯凯歌香槟。一个人怎么能一次做出这么多美食呢？同居人虽然在打扫和整理上毫无天赋，但是在烹饪方面犹如天才，这才让我有幸享受如此丰盛的生日大餐。在美酒和佳肴的环绕下，我们畅意欢快地举办了在"我们家"的第一场派对。

相像的脚指头

我第一次花自己的钱看的音乐剧就是《猫》,那是在我第一次花自己的钱去伦敦旅行的时候。记忆深处的很多"第一次"都是束手束脚,不够完美。想必是因为它掺杂了很高的期望、很弱的执行力和细碎的失望吧。当然《猫》是在全球广受欢迎的长寿IP(知识产权),也是谱写了经典传奇的成功的文化娱乐活动。只不过以我当时的境界,我还不足以理解它、品味它。我不仅缺乏对音乐剧的基本理解,也缺乏对猫咪品种的认识。在幕布拉开之前,演员——哦,不,是猫,在黑暗中闪动着一双双发亮的眼睛,悄无声息地落在观众席上,或是用前爪轻轻挠你一下,或是用尾巴轻轻扫过你。这个特别的开场至今在我的记忆中都留有强烈而鲜明的色彩。

可是在那之后……"就这样而已?重头戏什么时候开始?"那时我期待的是小猫众志成城拯救陷入危机的人类,或是几个主角猫之间展开一段荡气回肠的三角恋……然而《猫》中没有任何我期待的"重头戏"。它讲述着城市的猫在入夜后围在先知猫"老杜特罗内米"身边，等待他的选择以获得重生。其中展示了每一只猫的名字和性格，这几乎就是全部内容了。第一只猫在唱歌，第二只猫在唱歌，另外两只猫在一起唱歌跳舞……英文台词飘入疲惫的旅行者耳中，顿时令其昏昏欲睡，渐渐地台上的猫团好像变成了一个模样。

去年冬天，我与同居人在坐车的路上发现了《猫》原班人马在首尔公演的户外广告。同居人还没有看过《猫》。这个曾经在地球的另一边辗转于各个城市、看过各种演出的人，居然没有看过如此著名的《猫》！我当即订了两张票。我在过去十五年里，对猫有了更深的理解，懂得了猫如何像猫。更重要的是，我身边就有最适合一起观看的人。我们可是勤勤恳恳为家里的四只猫主子铲屎的战友。没错。我们家有四只猫。

有人养一只还不错，两只也可以理解，可到了三只甚至四只是不是就有点夸张了？我看到一个朋友养了四只猫时便是这样想的。可缓过神之后，我发现自己也养了四只猫，这在外人看来会有些夸张。如果有人问我是什么机缘巧合让我养了四只猫，那我可能会说"人生中总是有很多计划不如变化快，特别是有关猫的事"。起初我是自己养了两只猫，然后在跟同样养了两只猫的金荷娜一起生活后，猫的数量便成倍增加。与每只猫的相遇，总让那所谓的计划所发挥的作用变得微乎其微。回想起来，似乎每次都不是我选择了猫，而是猫选择了我。所以人和猫的相遇与纠缠，在某种程度上也可以称为意外。猫不是一块又大又重的金属，而是又小又软的一团毛茸茸的小东西，它在用整个身体扑向我。怎么说呢，难不成是一种宗教吗？在相信和交出自己的瞬间，人生便开始悄然发生改变。

在我母亲来首尔看我新搬的房子的时候，我不免有些忐忑。母亲絮絮叨叨的声音仿佛萦绕在耳边，"养两只全身散落毛发的猫还不够，现在还多了两只？你要怎么收场啊？"所以我没能向她坦白其实未来的同居人也养两只猫的事实。后来我母亲在家中住了几日，嘱咐我一句"要跟荷娜和睦相处"后就回去了。金荷娜的那两只羞涩又胆小的猫在嗅到陌生人的味道后，就一直躲在房间里，丝毫不打算露面。所以我也无须刻意做什么，它们自己就藏了起来。

"你们家有四只猫吧？我可都知道了。"

母亲是通过金荷娜的书《如何避免用力过猛》得知家里另外两只猫的存在（《我人生中的第一只猫》介绍了哈库，《冒险家猫咪离家出走》则讲了跳跳虎的故事）。不过我母亲以后应该也很难见到它们俩。曾跟金荷娜一起生活的哈库和跳跳虎（用你的猫和我的猫区分总是觉得有些政治不正确，所以我们一般会按它们生活过的地方区分，称它们俩为三清洞猫咪）害羞又认生，绝对不会出现在陌生人面前。而与我一起生活的吾郎和永裴（它们俩是上水洞猫咪）属于好奇心战胜了警戒心的那一类。不论是上门安装空调的师傅还是新搬来的朋友，就算是陌生人，它们都会上前闻一闻，或者是忙着翻包检查。

　　如果以认生的程度为标准，那么它们可以被分为两类。不过这四只猫其实各有各的个性。在两家合并后成为老大的哈库最为敏感和小心翼翼，就算是跟它一起生活了十年之久的同居人打个喷嚏，都能吓到它瞬间藏身。如果向它伸出手，它会跑开，但是又会在一臂远的距离翻个身，露出圆滚滚的身体，用眼神暗示你快过来。它可谓深谙欲擒故纵之法，令人抓心挠肝啊。它瘦削的身体上骨节异常明显，最喜欢被人顺着骨节从头到尾用力地抚摸。很多时候它原本静静地窝在你的怀中，但稍有点动静它就会吓得一激灵而跑掉。

　　老三跳跳虎与又瘦又小的哈库形成鲜明对比，圆圆的身子肉乎乎的，但同样胆小如鼠。只不过你和它熟悉后，它就会主动来跟你撒娇。你坐在沙发上，它就会用脸磨蹭你，紧紧贴在你身边，若你胆敢停下拍打它屁股的手，它就会不满地叨叨起来。它就像站在镜头前的好莱坞星二代一样，坚定不疑地认为自己理应被宠爱。它也是家里唯一喜欢外出的冒险家，曾经在韩屋屋顶来回穿梭，俯瞰世界，还因此受了很严重的伤，是一只有浪子般过往的猫。

老二吾郎脸圆如饼，身材魁梧。它喜欢躺在床脚下或者音箱上那种又高又宽敞的地方，伸开四肢眯觉。它的习性不像猫，倒更像狗。第一次来我们家的人总会惊讶于它那小巨人般的身躯。"它其实是狗吧？""有两三只猫合起来那么大啊。"它会毫无畏惧地坐在任何人的膝盖上，性情闲适。不过如果弄烦了它，它偶尔也会亮出爪子，或是咬你一口。

最后是老幺永裴。我有点怀疑它有躁狂症。它时时刻刻都充满能量，一天中大部分时间都是超兴奋的状态。它会自己打开放有猫用品的抽屉拿出玩具来玩。我听说话多的猫也很聪明，永裴是四只猫里最聪明的。我和同居人经常念叨着要好好培养它，送它到韩国科学技术院。它也是四只中最能说的，能叨叨上一整天。如果它是人，光是回应它的话就足以让人筋疲力尽了吧。四只猫各有各的性情和习惯，想要照顾好它们，就要注意它们之间的差异。就像布料、设计、颜色都各不相同的四件衣服，也要按照它们的特点来穿或清洗。

我曾经的部门同事吴叶说过，"中国有十几亿人口，三十多个省级行政区都有各自的文化特点。但韩国人总是很武断地说'中国人是怎样的'。我无法断言韩国人是怎样的，因为在韩国生活了十多年，我所认识的韩国朋友都各有各的不同"。

  越是遥远的、陌生的、没有感情的对象，就越容易被普遍、草率地看作一体。可是我们和至亲密友之间哪怕再微小的差异，在我们眼中都是云泥之别。这种差异既宝贵又意义非凡。在与四只猫一起生活的过程中，我虽然可以用一句话概括猫是怎样的，但也知道我们无法断言猫就是怎样的。如果这世界上有一百只猫，那么我相信它们就会有一百种不同的性格。所以一模一样这件事，至少对于猫来说是绝不可能的。要说它们之间的差异，恐怕一部音乐剧的时间都是不够的。在我们家中上演的"《猫》"同样没什么特别的情节，只是它们各自的性格就足够撑起整个舞台了。

大家庭的诞生

如果家中只有一两只猫,大家都会习以为常;如果说有三只,那大家可能会略微惊叹,"啊!真的吗";可若是有四只,那大家的反应会掺杂某种惊愕,"啊?真的呀?"

在我独自与两只猫一起生活的时候,我自认为是"一口之家"。因为即便我跟猫搭话,它们也不会回应我,家里大部分时间都是安静的。猫受了伤或做了绝育手术之后,我往往是在默默流泪中入睡。可是当家变成了W_2C_4,有了六个成员,就是不折不扣的大家庭了。四只猫会在你打开零食柜的瞬间一齐凑上来"喵呜喵呜"地叫,场面很嘈杂。来自两个家庭的猫会拉帮结派地打架,一点点重建自己的领地,以十二分警惕之心观察彼此,在这个过程中重塑彼此间的力学关系。而我和同居人也一直苦恼于该如何改善这一触即发的情况。而我也发生了一些我没有意识到的微妙变化。比如,若是被我原来的猫挠了一爪子，我可能没什么反应，但要是被新猫挠到或者咬到，我就抑制不住内心的伤感。在我还不够了解这两只猫的性情就去抚摸它们或抱它们的时候，两只猫对我严格执行了审判。有一次我的手被咬得血流不止。这时的感觉就像是再婚家庭的孩子紧紧封闭自己，对你说"你不是我妈！你是阿姨！"。这让我感到既寒心又伤心。

我们这个大家庭组成已经两年多了。我不再被咬，猫也不像开始那样总是打架。"我的猫"和"你的猫"成为"我们的猫"。今年家里有很多成员都去了医院。我和同居人接连做了手术，同居人是因为脚踝受伤缝了十一针。十三岁的老大哈库因为牙齿手术而住院，现在已经恢复了。最近老二——我们家里唯一的男孩也做了手术。

与哈库相比，吾郎的症状更加严重。它以前做过结石手术。有一阵子它似乎排便有些困难，当时我们正在观察。某一个星期日它突然便血了，把我们都吓得不轻，我们决定立即带它去24小时宠物医院。我们一起把大体格的吾郎放进了移动式宠物箱。我负责开车，同居人则抱着沉甸甸的宠物箱坐在副驾驶位置。受到惊吓的吾郎尿了出来，车里弥漫着尿臭味。当时正值梅雨季节，我们在磅礴的大雨中穿行一段时间并到达医院后，已经乱了阵脚。吾郎的膀胱和尿道都有好多结石，若再晚一些就有完全堵塞的危险。住院第二天，医生就为它做了手术。吾郎住院期间，我和同居人每天都会去探望它，躺在箱子病房里的吾郎让我们心疼不已。吾郎这个大家伙不仅对医护人员龇牙咧嘴，还亮出了尖锐的爪子。后来它的四只爪子就被绷带死死包住了。它脖子上还戴着项圈，在后颈瘙痒想要挠一挠时，缠绕了绷带的后腿只会无力地打在项圈上。不仅如此，它的身上还连着一大串输液管和导尿管。一看到它有气无力地躺在里面的样子，我们就忍不住湿红了眼睛。出院后的吾郎在慢慢恢复，但一周后状态又突然恶化了。我们又慌忙地赶到医院，每一天都是十分地揪心。不过好在吾郎接受第二次治疗后有所好转，现在正在家慢慢恢复。经历了这一切之后，我和同居人不由更加感恩彼此的存在。就算有一天我们的猫踏着彩虹桥到了另一个世界，我们也可以共担这份伤心，而不是独自承受。

有句老话叫"儿多母苦"。组成大家庭后，开心的事多了，伤心的事也多了。但也有句老话叫"分享快乐，快乐会加倍；分享悲伤，悲伤会减半"。组成大家庭后，不可避免会发生这样或那样的事，我们逐渐有信心能够共同承担这些。而由此得来的安全感或许就是家庭带给我们最大的好处吧。这一点对于任何形式的家庭都是一样的。我们会相互依靠，时而会让快乐成倍，也会一起经历生活中的风浪。

遗传母亲的基因

电影的第一幕常常会聚焦于人物的外表、行为或特点。如果拍一部我的人生传记，那么开场的一组镜头应该是我高中时期的一幕幕。一名壮实的女高中生气喘吁吁地赶上了上学的公交，距离不算远，但她一路上昏昏沉沉，直到要下车时才清醒。镜头一会儿对着背个硕大的书包朝校门疾行的背影，一会儿又切换到比书包还要大的便当包——里面装着两个保温便当盒，分别是午餐和晚餐，还有装满咖啡或茶水的保温瓶，以及饭后水果。是的，我是全校拿着最大的便当盒上学的学生。我总是很容易饿，饭量也大，我的母亲为了不让我挨饿，持续为我供应养料。那时学校还不供餐，但有晚自习，所以我母亲不得不为我准备两顿饭。要为因早起而睡眠不足的高中生准备便当，母亲恐怕至少要早起一两个小时。

在我还跟家人一起住时，我总是被从厨房传来的生活噪声吵醒。切炒煎煮的声音充满细节和现实感，因而我在半睡半醒中总会有一种不协调的感觉。在朦胧的状态中感官尚未苏醒，这时霸道地侵入鼻子的饭菜味儿会让我感到很不痛快。那时一睁开眼就能吃到餐桌上早已准备好的早餐，这要放在现在肯定让人幸福得想跳起来了。而在离家独自生活的无数个清晨，不再有人做好早餐等我醒来，我便未曾在飘散满屋的饭菜香中醒来。

　　我的母亲韩玉子女士与家有八兄妹且是长子的黄振圭先生结婚后，这一生都在为他人在厨房忙碌。每逢春节、中秋要操办祭祀礼时，从买菜到准备食材都是母亲亲力亲为。送亲戚回家时，她还总是会为大家包上冷藏箱，里面装满了肉、米酒等各种食物。"为什么我腌的泡菜就没有大嫂的好吃？""大嫂煮的大酱汤比以前母亲做的还好喝。"有段时间，这些话在我听来不像是赞美，更像是用于操纵人的拙劣的客套话。并且母亲在父亲离世十余年后，依旧独自一人准备家里的祭品。有时我会有些气不过。人们越是用"母亲的味道"神化家里的饭菜，母亲就越是要辛苦操劳。那些擅长厨艺的母亲将会有更多事要做，否则内心会充满自责。最好是不论由谁来做，都各自分好工，并且要尽可能在外面吃，减少家务活。对于母亲做的饭菜，我自然也是享受着特权的最大受惠者，并且从未拒绝行使这项特权，所以也充满了矛盾。到现在回到釜山老家时，母亲还是会为我做一桌子菜。螃蟹汤、煎排骨、炒章鱼……每一顿都是我最爱吃的菜。

我的胃甚至找不到机会休息，而我称之为母亲的"完全饲养"。

我们这对平时交流并不多的京畿道母女，每周一次的例行通话主要以三个问题和回答构成。"吃饭了吗？""最近都吃什么了？""要不要给你寄点吃的？"可近来这种直奔主题式的对话也在变得丰满。以前每当母亲提出要寄点什么吃的给我时，我都急着拒绝。但现在不一样了。我会主动说"荷娜很爱吃母亲做的藕酱菜"，或者说"要是有小萝卜泡菜就好了"之类的。我开始提越来越多的要求。若是一人餐，主要还是讲求简便，所以一两颗煮鸡蛋加上苹果或红薯之类的就打发了，有时也会热个速食饭就着咖喱一起吃。人类很神奇的一点是，一个人或许懒惰，但可以为其他人变得勤快起来。如果我做饭是为了与别人一起吃，就会莫名涌现出一股力量，促使我多煮一碗汤或者多炒一盘菜。我们一起生活后，便更频繁地在家吃饭了。同居人分担了饭后收拾碗筷和洗碗的工作，让我做饭也轻松了很多。就算是在接近发刊截止期时忙到很晚才回家，我也会煮个汤之类的，以便第二天吃，这反而能让我放松。烹饪对我来说是充满创意和趣味的游戏，也能够给我带来安全感，我觉得自己在好好照顾自己。而母亲寄来的吃食，成为这份安全感的基石。

不知不觉间，我开始想知道同居人在我上班后有没有好好吃饭，是不是饿着肚子，是不是随便煮了包泡面吃。我逐渐意识到，母亲做饭，不仅仅是为家庭付出，还是对家人表达爱与关心的方式。做饭是展现才能的快乐，是对厨房高水准的经营，更是与木讷的孩子沟通的媒介。随着母亲给更多的人做饭，其生活世界的边界也在拓展。现在我的同居人也进入了这个世界。

　　我居然也开始向我的同居人发出三连问了：早上吃了什么？中午打算吃什么？晚上吃什么好？看来我完全遗传了母亲的饲养基因。儿时曾因跟母亲赌气将便当原封不动地带回了家，但现在这个记忆已经模糊，我不记得是因何置气了。母亲辛苦为女儿准备便当，还特意放在保温盒里以免饭菜变凉，却发现饭菜被原封不动地带了回来。母亲当时会是什么心情？我一想起这事儿就觉得很羞愧。虽然性格洒脱的母亲可能只是说了句"不吃的话，吃亏的可是你"，但是对于烹饪可是很骄傲的。

有口福之人的秘诀

金

钻研命理的朋友曾说我是一个有口福之人。不可否认，我周围真是围绕着各路大厨好友。她们中有很多不是职业厨师，却拥有着圣人般的秉性，以给他人做饭为乐，并能从中获得幸福感。更不用说还有不少是职业厨师了。更令我感激的是，大家一致认为给我做饭最有成就感。我曾是常年出入黄英珠家的食客，常常会听到阿姨对我说"恰好蒸了螃蟹，你就来了"之类的话。

而我本人却并不擅长厨艺，怎么会有如此口福呢？今天，我就打算偷偷将这个秘诀分享给大家，教大家如何成为一个"有口福"的人，那便是——"吃得香"。

即便饭菜不好吃，你也一定要大口大口地吃。可你若念着这是对方为你精心准备的，饭菜也很难不香。很多人都有一种错觉，误以为吃别人做的饭时可以评论饭菜是否足够美味。但其实只有我们付了钱，才有资格评判这饭菜如何，是否值这个价钱。为他人做饭纯粹是出于好意，是一种高尚的行为，也是很烦琐的事。试想有人特意为你花费时间和精力，准备食材，经过层层工序将其烹好，再装到盘子里端到你面前，而这些美食会被你吃进去，化成你的血与肉，使你的生命绵延。世上难道还有比这更令人感恩的事吗？当你怀抱感恩之心去品尝，任何东西都是美味的。这是很简单的真理。还有另一个简单的真理，那就是吃过后要道声感谢，主动收拾碗筷并洗碗。若是懂得感激之人，想来也会做到这一点。

就我的同居人黄善宇而言，从推特上看，你绝看不出她是喜爱烹饪之人。虽然她很喜欢吃，但是常年在外，还具有强烈的个人主义倾向，所以我实在难以想象她亲自下厨并与他人共享美食的场景。但令我大跌眼镜的是，每次去她家玩，她就能三下五除二地做出一桌美食！就连螃蟹、章鱼等新手很难下手的食材，她也能轻松搞定，还会时不时用家里剩下的食材做出富有创意的美味意大利面或拌面。做各类汤、野菜、拌菜等韩餐，同样不在话下。她会大胆地挑战各种从未做过的菜，大多数情况下都会非常成功。有一年冬天，我们邀请了洙君昰星夫妇。黄善宇当天做了煨炖菜，她不知从哪儿听说放吉尼斯黑啤酒会更加美味，于是一下倒了好多，导致菜里透着一丝苦味。我正想着黄善宇也会失败的时候，就见她做好各种下酒菜后，趁着大家喝酒，一直在餐厅和厨房来来回回试图拯救那煨炖菜。最后看大家喝得差不多了，才把菜端上来。我们已经喝了不少酒,味觉都有些失灵了。一转眼,煨炖菜就被我们几个扫了个精光。看吧,黄善宇总是能成功的!

同居人不仅为人大方,还很享受烹饪的乐趣,我可真是捡了个大便宜。每次招待客人或者举办派对之后,厨房就像经历了一场战争一样一片狼藉。因为同居人下厨时从不束手束脚,所以事后厨房就像被轰炸过一样。这时就该由我出场清扫战场了。如前所述,"吃好了,就要知道洗碗"。不过除了这层原因,我本身也更喜欢收拾和洗碗。特别是在将一团糟的厨房恢复如初的时候,我就会有一种变态的满足感。把成堆的碗筷洗干净并放回原位,将瓷砖和橱柜上溅得四处都是的油污和调料汁擦得干干净净,为水槽消毒,换好餐布,把钝刀磨锋利……为了让我们的主厨在下一次下厨时能保持愉悦的心情,做出美味的菜肴,我不应安于自己的好命和口福。要是想继续有口福,至少也要做到这样。

交换圣诞礼物

金

我与同居人即将迎来一起生活后的第一个圣诞节，为此我特意准备了礼物，还展示了才艺。我将同居人长年T恤泛滥的抽屉，按照《怦然心动的人生整理魔法》的风格叠得整整齐齐。其作者近藤麻理惠是日本的整理师，曾掀起不小的KonMari（近藤麻理惠的整理法）风潮，将日本整理美学带到全世界。在我们刚熟悉时，黄善宇就曾吐露"不知道怎样才能整理得井井有条"。我立即想到了我奉之为神书的这本书，黄善宇听罢兴高采烈地说"我也有那本书"，随即又有些为难地说道，"但是我实在找不到它在哪里"。

同居人什么都很多，尤以衣服为最。她喜欢每天都穿得不同，还不舍得扔放了很久的衣服。我曾经亲眼看见上水洞家中那布满一面墙的"超大衣架"坍塌的场面。据黄善宇说，这种事偶尔才会发生，可我恰好也在现场。当时我第一反应就是跑过去用胳膊撑起来，可那挂得密密麻麻的衣架的重量果然不可小觑。家里好似发生了衣物泥石流，屋子瞬间就被淹没了。超大的衣架由于零部件损坏而无法再用了，我们从超市买回了新的，重新组装后又把衣服密密麻麻地挂了上去。那真是一个极为艰难的过程。比较同居人，我的衣物少很多，而且我喜欢反复穿同一件衣服。所以同居人所经历的衣物泥石流和T恤洪灾等"自然灾害"，在我眼中自然是很新奇的。黄善宇杂志社的其他时尚编辑的反应更是让我觉得有趣。因为她后来告诉我，她的同事都认为衣架倒个一两次是很正常的事。

近藤麻理惠式T恤整理法是将T恤叠好后一排排码在一起。T恤从抽屉的一头到另一头竖着摆满，便不会倒。而且所有T恤一目了然，找起来也很方便。问题是同居人的T恤抽屉已经要被挤爆了，所以我只能把一部分移到下一格抽屉里——这里放的是我的衣物。同居人的T恤也不止这些，她分别运营着巨大的"条纹T恤"柜和"跑步T恤"柜。如果同居人又新增了T恤，那我还要从我那寥寥无几的T恤中再挑出几件不常穿的处理掉，以便腾出新的空间来。整理好后，T恤整整齐齐地排列在抽屉中，看起来非常赏心悦目。对我来说，整理T恤抽屉不算特别麻烦，只是比较费时间而已。但是在叠T恤的过程中，我的内心会逐渐变得平静，事后被同居人称赞也会令我很开心。

一起生活就会存在诸如此类的交换价值。独居时有的事懒得做但非做不可，也有的事必须做但做不了。然而很多事会在两人一起生活后得到解决，因为两人都有各自擅长的事（我们是极端互补）。同居人看到我修理台灯或拆卸、清洗风扇时，便会异常吃惊；而同居人做菜对我来说也是一样。接近发刊截止期时，同居人经常深夜才会回来。她明明次日要上班，居然还能在上班前煮好两种汤，以便我在她加班时一个人在家吃。她忙到如此昏天暗地的，我若推辞，她还会满不在乎地说"烹饪对我来说就是解压的事，是游戏呀"。慷慨大方的同居人常常一不小心便会将两人份做成了六人份。或许她觉得自己做自己吃也没什么意思，而且剩菜也不好处理，所以有我这样每每都大赞美味的对象也很满足。我曾对同居人经历的"自然灾害"惊讶不已，同样地，同居人恐怕也被我那空空如也的冰箱吓到了吧。一个人自给自足，过好自己的人生，固然是可取且值得尊敬的，但在享受为他人付出的过程中，人生似乎也变得更加丰满和充满动力。

新年第一天

约莫两周前,李雅丽、金韩星夫妇搬到了我们楼下,与我们家只隔了两层。我们邀请他们新年第一天的中午来串门。前一日我曾向两人发出豪迈的邀请信息:"反正做两人份的年糕汤和四人份的也没多大区别!"可不到半天,我便再无这豪迈之情了,不仅因为睡到日晒三竿才慌忙起床,更因为冰箱里的年糕满打满算也只有两人份。本想准备一桌豪华美食招待邻居,却因为食材不够,还需要麻烦他们俩买来,并要让他们等着我把饭做好。可又能怎么办呢?他们的邻居最好呼朋引伴,可又总是毛毛躁躁,所以楼下的邻居还是早日习惯为好。我对担任副厨的同居人委以重任,让她负责做鸡蛋丝和切海苔。然后我开始着手用海带熬高汤和捣蒜。先用香油炒脂肪较少的汤料牛肉,加点汤用酱油和蒜末调味,然后倒入熬好的高汤边煮边撇浮沫,剩下的味道就可以交给牛肉了。不过做以牛肉为主食材的汤时,我有一个秘诀,那就是最后用玉筋鱼露调咸淡。还有一个更重要的秘诀，那就是肉放得越多越好吃。

邻居夫妇在约好的时间上门了，手里拎着两瓶绑着橙色蝴蝶丝带的松子马格利酒，还有切好的水果，以及受我之托买来的年糕。在客人到了而饭菜却没有准备好，只能让客人等待时，拥有四只猫还是挺有用处的。最活泼又不认生的那只猫会在客人面前晃来晃去，担起招呼客人的责任。我添加了"空投"的年糕后，只需再煮几分钟便好。所以我翻出了家里所有的面碗，很快就盛好了年糕汤，做好了摆盘装饰。一不小心被我做成五人份的年糕汤，颇受大家欢迎。

我们用奶白的年糕汤和松子马格利酒迎接了新年，就着前一晚剩下的海螺白灼鱼片，有一搭没一搭地聊聊年末吃过什么，还有彼此的工作之类的。金韩星一眼就认出了这个从Homeplus（韩国零售连锁店）买的海螺，他说昨天自己还一直犹豫要不要买，不过最后还是没买。两家的生活半径和喜好就这样因为海螺出现了交集。我们还冲了咖啡喝，我家的刚好喝完了，所以他们特意回家把咖啡豆拿了上来。大概两个小时后，邻居夫妇就回到了楼下自己的家中。

其实我与金荷娜在跨年夜有过小小的争吵。冲突来自一起倒计时，同居人带着些许仪式感迎接新年，而我注意力涣散，回应敷衍，且频频看手机。

如果容许我稍微辩解一下，那就是买菜加做沙拉后，待我们吃晚饭时已经晚上9点了。而我要负责把肉煎得刚刚好，然后在肉焦掉之前快点吃掉。临近夜里12点时，饱腹感、烤肉味和疲惫感齐齐袭向了我。手机聊天群里一片新年道贺声，尤其是公司二十多岁的年轻人或许是想跟年长的部长[1]分享倒计时的喜悦，纷纷掐着时间在夜里12点左右发来新年问候。还有一个不可否认的事实，即我与大多数现代人一样，也是社交网络服务成瘾者。"就夜里12点前后30分钟能不能过得神圣一点？"我理解同居人这话的意思，可面前是散发着烤肉味的烤盘，手里是一直响个不停的手机，我很难控制住自己。想要从毫无修饰的生活中剥离那一切的琐碎，是需要下一番功夫表演的。现在回想起来，我觉得我们至少要在晚上8点开始吃晚饭，晚上11点吃完，然后把烤肉后油腻腻的桌子擦干净，再给屋子通个风，点亮几支蜡烛，营造出烛光朦胧、略显昏暗的氛围。

送走客人后，只剩下我和同居人，我们自然而然就投入到家务活动中。我们就像往常一样洗碗、洗衣服、打扫猫咪的厕所并用吸尘器清扫。只不过新年的第一天特别增加了几个活动。我们将用了两年的皱巴巴的毛巾全部换成前一日已经洗好晾干的新毛巾，把牙刷、香皂、

---

[1] 同国内的部门经理。

浴花、浴帘、刷锅球、拖鞋等也全部换成了新的。虽然这些家什都是生活中极其微小的部分，并且也并不昂贵，但是全部换成新的之后，不仅在我们使用它们时增进了触感的舒适度，还让我们更真实地感觉到新年第一天是个新的开始。

在新年的第一轮太阳缓缓西落时，我们打开了收音机。因为同居人用一周的时间参加了韩国广播文化公司标准FM电台《等一下》的录制。"到了新年，与其立下多么宏大的目标和决心，不如问自己一句'至于这样吗'，然后专注于对自己真正重要的事。"这句话是同居人的第三本书《如何避免用力过猛》的前言中提到的，我觉得说得很棒。虽然在家时我们常常穿着家居服开着无聊的玩笑，但在需要用文字和语言表达自己的正式场合，我的同居人的确是很酷。

一整个下午，见见朋友，做做家务，整个人心情也舒展开来。在黑暗中点亮几根蜡烛，回味这一年的喜悦，告别这一年的悲伤，的确是件很有仪式感的事。不过叠新毛巾、给猫咪剪指甲、照料日常生活等同样具有非凡的意义，会为一个人的生活注入强大的能量，进而支撑其继续前行。

如果亲自准备每一餐，就会发现转眼便是下一餐。我们告别了旧毛巾、散开的牙刷、脏兮兮的拖鞋后，不愿到了晚上还被家务缠身，便奔向了家附近那个即使是新年第一天也会雷打不动开门迎客的司机餐厅。休息日的夜晚显得格外静谧，所有喧嚣似乎都因冬夜的冷空气而沉淀。走出公寓大门，转了个弯，我看到一轮皎洁的圆月挂在天空。我仿佛被什么力量吸引，不由自主合起了双手许愿。今天是新年第一天，过去一年受过挫，犯过错，也受过伤，但此刻我再一次收到了新年第一天的这份礼物，它即将把如那轮圆月般圆满的三百六十五天送给我。在这个新年第一天，你的脑中会浮现许多迫切想要做和想要做得更好的事。

这一天的神圣感似乎会在不同时刻降临在每个人身上。随即我下了决心——明年的跨年日一定不能在家烤肉，而是要外出吃饭。

幸福是黄油

前不久家里到了两套厨房置物板，需要在墙上钻钉安装。两位安装师傅上门拿起电钻就钻了起来，好像整个屋子都在随之震动。屋内粉尘四起，我心里盼着能尽快安装好，这样我就能开始打扫。然而师傅突然告诉我第二套装不了，因为那个位置附近有配电箱，墙里可能埋有电线，如果继续钻可能会触电丧命。既然有生命危险，就不好强迫师傅继续钻了。不过能否在卖的时候事先问一问墙壁上是否有配电箱，并告知消费者如果有就无法安装？师傅说退货的费用要消费者自行承担，然后便撤走了。

原本期待着再忍耐一下噪声和粉尘，待家具安装好，便可以着手整理了。可我的期望一下子就落空了。为方便安装，我们将家具移到了别处，还从橱柜里拿出了碗碟等，随手放到了各处。现在还多了个安装未遂的家具。屋子里简直是杂乱不堪。这下不仅没办法打扫，还要把辛辛苦苦挑选的家具退回去。想到这儿，整个人都烦躁了起来。同居人和我已濒临崩溃。后来在饥饿的驱使下，我们烤了个红薯抹上伊斯尼黄油就啃了起来。疲惫且烦躁的我们默默啃着红薯，谁都没有说话。猝不及防地，我听到喜欢黄油的同居人大喊了一句"幸福就是黄油"。

因为这句话实在过于突然，同居人的笑容也过于明媚，我便也稀里糊涂地跟着一起大笑了起来。同居人有一句名言"我从来不抹着吃黄油"，她的意思是黄油自然要整块整块地吃，绝不可小家子气地抹着吃。听到"幸福就是黄油"的瞬间，我的烦恼好似也跟着烟消云散了。找同居人，果然还是要找单纯、可靠又乐观的才最好。可换个角度想，我也是她的同居人，因而我暗下决心要成为单纯、可靠又乐观的人。为此我觉得有必要找到那个能让我瞬间满血复活的东西。

济州岛有一家很迷人的书店叫"晚春书店"，书店老板李英州曾说，有一家非常美味的醒酒汤餐厅，遗憾的是距离她家有些远。所以每次去那儿，她都怅然地想"哎，不知下次又要到什么时候了"。可有一天，她发现醒酒汤居然可以打包！在她将打包回来的醒酒汤放到冰箱里时，她领悟到了一件事：幸福，是有保障的未来。

有美味醒酒汤的未来和没有美味醒酒汤的未来必然是不同的。

我们家附近有一家我和同居人都很喜欢的寿司店。

中午价格还会更实惠，所以我们经常光顾。那一天我预计会有一大笔收入进账，所以提前说好了我请客。我们在前一天晚上就预订了餐厅，此后心情便一直很好，就连早上起床都毫不费力。因为寿司是我们"有保障的未来"。我们已经知道这家餐厅有美味，也预订了，因而我们的幸福时间也相应延长了。就在一切准备就绪，马上要出发时，我看了一眼银行账户，发现进账居然比预计的少了不少，连一半都不到。原来是我记错了合同金额。我很失望，也自责为何连合同内容都记不住。不过好在我们还有寿司这个"有保障的未来"。寿司很好吃，虽说只获得一半的收入，但我还是欣然结了账。就像预料到这一天会发生令人失望的事一样，居然预订了寿司店！真是不错！至于原本预订寿司店的原因……不提它了吧。

　　从寿司店出来后，我们还去了喜欢的咖啡店吃了饭后甜点，点了咖啡和奶油干酪蛋糕。味道刚刚好。幸福是什么呢？可能是黄油，可能是打包的醒酒汤、预订的寿司店，或者是一如既往可口的甜点……怎么不知不觉写出来的全都是吃的呢？看来我们都是因美食而感到幸福的人呢。你们也要想一想那些能让自己感到幸福的东西。如果找到了，就大喊一声"幸福就是××"吧！只要找到了它，我们在身处困境时便能快速走出来。比如收入只有预想的一半……怎么突然感觉有点心酸？不如去吃个黄油烤红薯吧。

五百韩元的咨询

　　我没想到自己到了四十多岁居然还要因职业道路的选择而苦恼，甚至比二十多岁时更加苦恼。我在 20 世纪 90 年代中期大学毕业，那时还不似现在这般竞争激烈，我顺利找到了工作。虽然发生了韩国金融危机[1]，招聘需求锐减，不过大型杂志社还存在校招制度[2]。我参加了常识、作文等几类测试，最后成功通过面试，成为实习记者。我看近来杂志行业的后辈，都是从助手、兼职阶段就开始接触和处理实际业务，还要有外语或社交媒体运营等能力。过去只要进了公司，就能够在安全的"篱笆"内慢慢学习，在试错中逐渐成长。可现在要经过摸索不断证明自己的能力后，才能够进入所谓的安全地带。现如今生活就是试炼场，每一分钟都要被评价，我不确定自己在这种凶残的环境下，能否获得像现在这样的工作

1　指 1997 年 11 月初韩国发生的金融系统崩溃。
2　截至 2021 年底，韩国许多大企业已经长期未进行校招。

机会，发展自己的职业。对此我好像不太自信。我没什么可以写在简历上的国外大奖赛、资格证之类的加分项，也没有值得写在自我介绍里的耀眼成绩。如果当年那个死板的我在当前的环境下找工作，恐怕连杂志社的门槛都碰不到。我能够找到适合自己的职业，沉浸其中近二十余年，是享受了时代的红利，也是我个人的幸运。

"在百岁时代，一个人或许能结两次婚，换三次职业吧。"我的前同事李慧珠曾说过这样的话。虽不知其他人如何，但我过了四十岁，确实开始有些苦恼了。虽然还没有结婚，但总有一种直觉——自己或将面临人生中第二个职业选择。

我对新世界充满好奇，也热衷于跟人打交道，喜欢用文字去梳理自己的思绪。时尚杂志专题编辑这个职业很适合我。我的能力得到了认可，每月呈现的结果也令我很有成就感。只不过我不知道在这种高强度的工作和高度紧绷的精神状态下，我还能坚持多久。做月刊一般一个月有十天左右都处于发刊截止期，一个月至少有一个周末是需要加班的。在连续加班后，到了后期甚至有一两天需要加班到凌晨。天开始蒙蒙亮了，世界进入了新的一天，这时我才拖着疲惫的身子下班。回到家把自己抛在床上，我有一种窒息感，觉得人生沉重无比。可到了下个月策划会结束、在平日里悠闲地休息的时候，我便忘记了所有的痛苦，甘愿沦为下一个月的奴隶。杂志社的生活就像是时而吵得不可开交、时而又甜蜜依偎的恋爱状态。在冷战、和解、又哭又笑中，一个月不知不觉地就过去了，待我缓过神儿来的时候，一年已经过去了大半。现在我已谈不上很年轻，开始想换一种方式生活，打破自己长久以来的身体节奏了。深爱却要别离——我虽未曾从爱情中体会这个滋味，却从工作中真切体会到了。

进入新公司后，我有两点担忧。杂志社虽然下班晚，但上班时间比较宽松。所以我担心在严格的考勤制度下，我能否保证准点上班。此外，我只熟悉Word和文字类文档，如果需要使用Excel，怎么办呢？两个月后，便发现是自己杞人忧天了。我出乎预料地喜欢早起一些，然后不紧不慢地上班。而且我的老板比我还厌恶Excel。所以即便是年过四十，依然可以对自己有新的发现，而对他人的偏见或许也是毫无根据的。

新公司和新工作确实为我带来了新的生活节奏。但我还是难以立即适应，从容应对。因为就算考勤和Excel不足为惧，也还有新的业务、规则、技术和组织文化让我一时手忙脚乱。一位已婚好友去婆家过节后说，"有一种成人之后被新家庭收养的感觉"。因为我在上一家公司工作了太久，所以这样的感觉我也有，就像离开了自己的故乡、说着一口外语、努力地想在陌生人群中证明自己存在的异乡人。这种感觉持续了好几个月。

但庆幸的是，每天下班后总是有人愿意听我倾诉这一天的事。重要的是，对方也有丰富的社会经验，对世间有自己的洞察。这样的人给的建议，自然让我受益匪浅。近来，同居人成为广播节目《星星闪耀的夜晚》星期二的常驻嘉宾，负责节目中的烦恼咨询部分。有时在她去录制深夜节目之前，我也会一起帮着听一听听众的投稿，分享一下我的意见。两个人一起想出来的解决方案，比一个人的周到很多。

人们往往善于开导他人，自己遇事却容易犯糊涂。这是因为当局者迷，有些东西要在适当的距离下才能看清。那些常劝解他人恋爱中不可心急或是放下执念的人，有多少是真的恋爱达人呢？所以我们遇事也需要听听他人的意见。比如在我为该何时放弃喜欢却不想再继续的工作而烦恼时，面试后想象自己新的可能性时，非常紧张地准备重要的报告时，我的咨询师同居人总是愿意跟我一起探索，为我指出明确的方向。容易激动的同居人偶尔说着说着就扯远了，不过好在我也是个性格执拗的人，不会轻易受影响。

我的咨询师在任何时候都对我充满了信心，这让我内心极为踏实。她相信我有足够的能力，还相信我诚实可信，也相信我自始至终都在努力让自己变得更好。即便偶尔我的自尊变得很低，她也会非常坚定地给我继续向前的力量。而我对同居人也有同样的信任。在我们决定一起写书时，我深信已经写了四本书的作家金荷娜会带领着我前行。我的咨询师说，既然我们是同居关系，那咨询费每次就算五百韩元吧。我反复思量，还是觉得一千韩元更为妥当一些。

生活在两个世界的我们

我：这是什么声音？

同居人：有声音吗？

我：咯吱咯吱的声音啊。就这个，声音很大啊。

同居人：是吗？我怎么听不到？

  声源来自未对准波段的收音机。关闭收音机后，黄善宇说我体检的时候听力比她好。我突然醒悟，不知不觉中我们都以为自己在客观地感知世界，认为虽然感受是主观的，可所有人的知觉却相同。然而事实并非如此。我们其实身处不同的世界。我的视力很好，而黄善宇近视五百多度，如果不戴近视眼镜，连一米开外的我的脸都看不清。她就算戴了隐形眼镜，视力也没有我好。想到过去我一眼就看到镜子上的水渍或桌子上的小污垢时，总是纳闷儿为什么黄善宇看到了都不擦一下。可现在看来，原来是我看得太清楚了。

我想起以前的一件小趣事。去年二月末,同好友去统营[1]玩。风还有些凉,但是面朝南海岸的统营比首尔暖和一些。我跟着大家一起走着走着,突然惊喜地说,"哇,有花香!"朋友们找了一圈儿,可哪里有花?"难不成是我闻错了?"正在我疑惑地抬起头的时候,我赫然发现前方高处山坡上有一棵梅树上挂满了白色花蕾。就是这棵树隐隐的花香,让我驻足。朋友们惊讶极了,大呼我是个狗鼻子。

　　我的味蕾好似也十分敏感。我很讨厌挑剔食物的人,且一直认为自己的味觉较为迟钝。可有一次我随意说了句"里面还有无花果的香味呢",就引得对方连连惊呼,"我真的只放了一点点啊!"所以总的来说,我是一个视觉、味觉、听觉和嗅觉都非常敏锐的人!我会在熟睡中因听到猫挠门的声音而惊醒,所以要戴着耳塞睡。天啊,我突然觉得别人跟我一起生活该多辛苦。我长年开启着各种"雷达",随时会发现对方毫无察觉的事。"声音能调小一点吗?""怎么有奇怪的味道?""天花板上的污垢是什么呢?"不敢想象,要如何与动辄就这样说的人生活。日本作家渡边淳一写过一本书叫《钝感力》,钝感力是在任何情形下都能不过于敏感和计较。我觉得跟我一起生活的人最好是钝感力超强的人。虽然我自己也想

---

[1] 庆尚南道城市。

培养钝感力，可总是事与愿违。

　　我活了四十余年，若不是由于吱吱作响的收音机，我恐怕至今都未发觉自己是如此敏感的人。有一天，我看到桌子上的书堆中有一本叫《高敏感是种天赋》。同居人此生还是头一次与高敏感的人朝夕相处，她想借此书能多理解我一些。我在读这本书的过程中产生了极大的共鸣，也曾在我的广播节目中探讨过相关话题。与其他人生活时，彼此的不同之处会形成尤为明显的对比，这能帮助我们更好地认识自己。重要的是，要以欣赏的眼光看待彼此的差异，客观地看待自己和对方。我有此感悟之后，似乎也能更深刻地理解同居人了。我们对世界有不同的感知，且所处的世界本身就是不一样的。所以水渍和污垢看来是我逃不掉的责任了。

用金钱换取家庭和平

"你打算什么时候把洗好的衣物收走？像你这样到用的时候才抽走一件内衣、一条毛巾，这晾衣架还要放到什么时候？"

两个女人一起生活，原本一直保持着家务分配的平衡。但是自从我换了工作，这个平衡好像就被打破了。我每天晚上回来把包一扔，就直接瘫倒在沙发上，刷手机刷到不得不睡了，才慢悠悠起身去洗澡。这样的模式已经持续了好几周。以前我还会下厨弥补我做家务的不足，但当我开始在新公司解决一日三餐，还经常加班时，即使到了周末，我也提不起劲儿去买菜做饭。一个人的时候即便偷个懒，在外人面前也没什么破绽，但是如果过一种有规律的集体生活，就会对彼此造成压力。所以我能理解连我的那份家务活也要一起承担的金荷娜会大爆发。正面应对她的大爆发时，我心里想着"家里这么大，放个晾衣架都不行吗？一件件穿上，然后再一起洗，不是少了很多麻烦嘛"。不过这是秘密。

我曾经看过一篇引用女性政策研究院对于"双职工家庭人均家务投入时间"研究的报道。男性每天在家务上投入的时间是19分钟,而女性则多达2小时14分钟。躺在沙发上顺手滚一滚粘尘滚筒;吃完别人做的饭后,把碗筷收到水槽里;洗完澡把各种衣服都塞进洗衣机里……恐怕这些时间加起来就有19分钟了吧。男性和女性同样是社会经济活动的参与者,但在双职工家庭中要被照顾的对象依旧是男性。下班后家是整洁的,饭菜已经做好了,第二天上班要穿的衬衫也已经熨烫好了,卫生间快用完的厕纸也提前换了新的,所以不需要为家务费心费力。如果真有这样的生活,我倒想义无反顾地跳进去啊。但是我也有些排斥这样的生活,因为一个成熟的成人不应该如此远离柴米油盐。努力经营自己的生活,才会让我们变得更加完整。

"只要能让你更舒心,花多少钱都值得。"父亲偶尔会对我说这样的话,他觉得能够用钱解决的问题,就用钱解决。所以这次我找到的解决方案就是花点钱把家务外包出去。我下载了家政应用软件,申请了上门服务。

将维持日常生活的基本劳动转交给他人,或在这个过程中旁观,并没有我想象的那么舒适。第一周,我因为感觉太过尴尬,甚至跟家政阿姨一起打扫了起来。现在如果家政阿姨上门,我会在告诉她这周需要特别清洁的地方后就外出。对于将家务委托给他人,我还是没那么理直气壮。但是一旦开始享受这种安逸的感觉,它便很快会为你带来甜蜜的快乐。我每次外出回家后看到擦得光亮的地板,叠得整整齐齐的衣物,心里都有种酥酥麻麻的感觉,这样太容易上瘾了。

"家务交给我们,您去做喜欢的事吧。"这是家政应用软件的广告语。不论是男是女,如果能专注地做自己喜欢的事,那么就要对丈夫、妻子、母亲、同居人或某个人所付出的家务劳动感到内疚和感激。

家政阿姨上门的四个小时里,我会在外面看看书、见见朋友,或者喝个酒。一次4.5万韩元,一个月就是18万韩元,只是一次购物的钱。可这笔钱能舒缓工作带给我的疲惫,为我带来快乐、家庭和平,以及与同居人和睦的关系。

但是这个故事也会反转。有一天,我外出回家比往日早了一些,发现原本说好打扫四个小时的家政阿姨,在不到三个小时的时候已经走了。我在聊天群里跟朋友说起这件事时,朋友说"看来阿姨觉得两个年轻女人很好说话"。

朋友嘴中的年轻应该不是说年纪,而是说没有结婚生子吧。阿姨一周只做四个小时,我并不想让她有被监视的感觉。所以我一般都在拿出水果和凉爽的水后就出门,希望能给家政阿姨提供一个比较舒适的工作环境。

可结果多少有些令人失望，我也有些自责，是不是我太好说话，被人轻视了？不论是独居，还是两人同居，对于未婚女性来说，这个世界总是这样的。

内人和外人

金敏洙和郑日英夫妇两人中"内人"是丈夫郑日英,"外人"是妻子金敏洙,因为两人从相识到现在,金敏洙一直在上班,经常在外面。而郑日英因为攻读博士学位,所以待在家中的时间比妻子多。郑日英很诚实地履行着传统"内人"的角色,把家照顾得非常好,也为妻子准备好便当。像这样男女性别角色互换,女性成为"外人"而男性成为"内人"的情况,让我觉得还挺有趣的。

跟洙君昼星夫妇一起聊天时,我也想了想我家的内人和外人是谁,然后很自然地认为我是内人,黄善宇是外人。我是自由职业者,所以常常在家办公,黄善宇是有二十年工龄的职场人。此后,我们便常常玩笑般地说"我的内人今天过得如何啊?""外人今天也要加油哦!"某一天黄善宇突然下意识地说了句"顶梁柱今天也要去上班啦"。所以我突然感觉"顶梁柱"比"内人"占据了稍高的地位。为什么没有"贤内柱"而只有"顶梁柱"呢？

　　但问题是，我这个内人因职业特点而在家办公。我并不是在家无所事事，可为什么总是有一种压迫感，觉得家务就该是我做的呢？所以不知不觉地，只因为我一直在家，所以扔垃圾的是我，清扫猫咪厕所的是我，用吸尘器扫地的是我，洗碗的是我，叠洗衣物的还是我……我觉得有些不对劲。家务是没有尽头的。我只要在家，就总能看到需要做的家务，然后就自然而然地成为那个主要负责家务的人了。而同居人下班进入整洁的房子后，会把包随手一扔就跟我闲聊起来，然后刷会儿推特就去睡觉了。第二天，我会顺手整理同居人的包，收拾地上的头发，再用吸尘器扫一下，然后再打扫猫咪的厕所，还有扔垃圾……不知为何总是如此循环。刚开始同居时，我为此压力陡增。因为如果想要收拾从浴室下水道到鞋柜所有地方，家务是无穷无尽的，所需投入的时间也远比想象的多。可同居人并不是一个会注意到这些细节的人。并且家务做到最好，也就是"保持跟平时一样"，所以你再怎么努力，回报都不起眼儿，反而稍有松懈，负面影响便会立即显现出来。

　　同居人是典型的"为自己的活动轨迹留下线索"的人，就像《糖果屋》中韩塞尔与葛雷特撒下面包屑以便记住回家的路，或者像去高丽葬[1]的老奶奶一路上掰下茄子，为儿子标记回家的路。每当同居人出门时，我就对她一天的活动轨迹一目了然。"啊，今天黄善宇在这里吃了药啊。"（药物包装袋被撕开后丢在了架子上，而架子下面就是垃圾桶。）"黄善宇戴了隐形眼镜啊。"（日抛隐形眼镜的包装被放在洗舆台上，旁边三十厘米处有垃圾桶。）"哦，黄善宇用了剪刀。"（有东西被剪过的痕迹，而剪刀用完后也没有合上，直接就被丢在了桌子中间。）"黄善宇挑了要读的书啊。"（原本整齐摞起来的书倒塌了，还有几本掉到了地上。）但是反观我，在工作前就要先着手整理周边的环境。按照同居人的活动轨迹整理好之后，再做些其他家务，我还有一种想要保持厨房光洁的强迫感。就这样在真正开始工作前，我已经筋疲力尽了。可家养精灵兼内人的"多比"又很难对这些视而不见。

如果外人在外打拼赚钱，而内人用这笔钱维持家庭的正常运转，那可能就是另一回事了。但我们俩每月都会往家庭账户里存入同样金额的钱，且钱用完了，还会再存入同样金额的钱。所以这绝对是公平付出，那么现在的生活方式就不合理了。但也不能因此就像外人说的那样放着不管，否则这养着四只猫的家瞬间就会变得凌乱不堪。所以比起不太在乎家务的外人，内人的压力更

---

[1] 高丽时代的朝鲜，父母年老以后如果病弱，子女就会用一种藤椅把老人背上高山遗弃，等老人自生自灭之后埋葬。

大。我找到了两种解决方案。第一，我外出工作。我找了家安静的咖啡店，每天在那里上班。只要不在家，就不用做家务！第二就是申请报酬。如果我在某一周做更多的家务，就会申请家务报酬。外人从来都是毫无怨言地转账。当我的压力变成"拿钱办事"后，我感觉好多了。果然人还是需要明确的补偿！

近来外人开始在周末雇请家政阿姨，以此来弥补自己未尽的家务义务。平日黄善宇一贯主张"能用钱解决的都不是大事儿"。对于家务分摊不均的问题，她首先想用钱来解决。家政阿姨上班的第一天，我觉得协助比我年纪大的阿姨做家务或者旁观都可能会有些尴尬，所以我就暂时到洙君家避避风头。黄善宇表示自己不介意，然后留在了家里。可最后我听说她还是忍不住帮阿姨一起打扫。哈哈，太有趣了！外人会主动雇请家政阿姨，努力解决家务分摊不均的问题，她能有这样的想法就足以令我释然了。每次家政阿姨走后，一尘不染的屋子真是送给内人兼家养精灵的"多比"最大的礼物啊。那么……所有家庭的外人，花钱吧！

矮矮的书架被摆在客厅两侧。明明是书架,不知不觉就放了好多酒。

两口之家的重要
果实——浴缸。

午后阳光正好，我们喜欢在这个时间待在家中。

传说中将金荷娜的独居变为独身的书架。

仔细看,其实有两只猫。

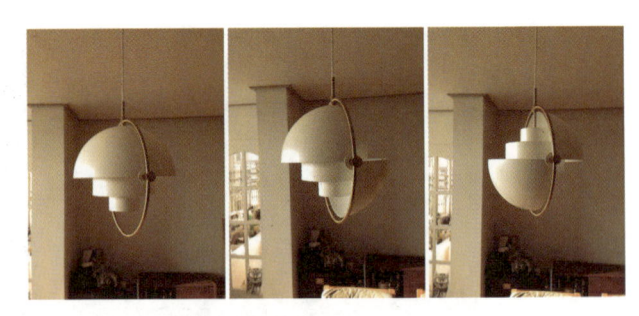

两人一起挑选的丹麦产吊灯拥有百变造型。

无印良品的桌椅常被猫咪占领。

猫咪享受日光浴时，我们就无处可待了。

厨房装修的重点就是尽可能明亮。

黄善宇为金荷娜准备的第一个隆重的生日宴。

西南朝向的家最迷人的瞬间——夕阳剧场。

两人都未曾想过会与四只猫一起生活。

两人完成"书籍结合"之后,发现有不少一样的书。

哈库	跳跳虎	吾郎	永裴
女	女	男	女
2006	2009	2008	2011

猫咪的介绍

哈库

13年前，金荷娜机缘巧合下开始养了人生中的第一只猫。那是一个雨天，箱子里的它被丢弃在一户人家的门口。它小时长得很一般，但越长越漂亮。身材纤细修长的它有一颗玻璃心，敏感而胆小。但是它同样充满好奇心，且遇到危急情况时反而表现得很坚强。它之所以叫哈库，是因为刚被带回时，哈库——哈库——叫个不听，时刻保持警惕。它在金荷娜的手和胳膊上留下了无数抓痕和咬痕，光是摸它就用了两个月的时间。但是现在它经常跳到我们的腿上坐着，也是四只猫中最爱让人抱的。不过陌生人如果想要摸它，也需要耐心等待很久。其实，如果是陌生人，一开始可能都很难看到它。

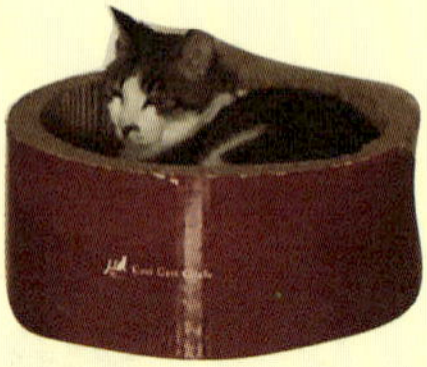
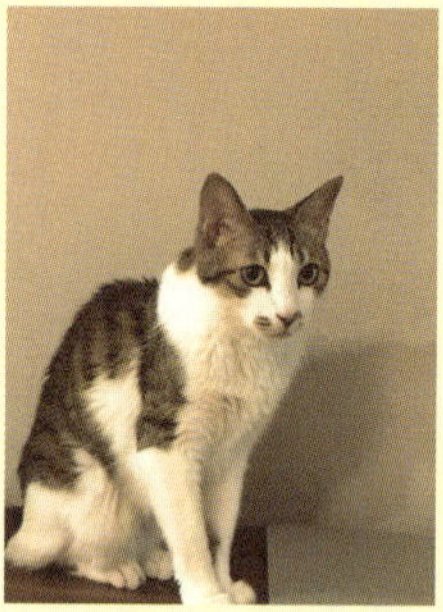
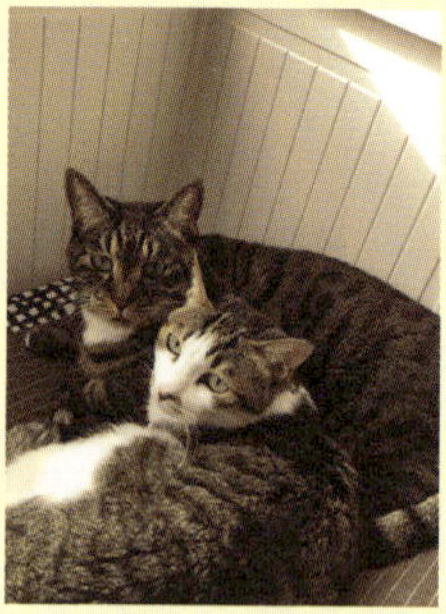
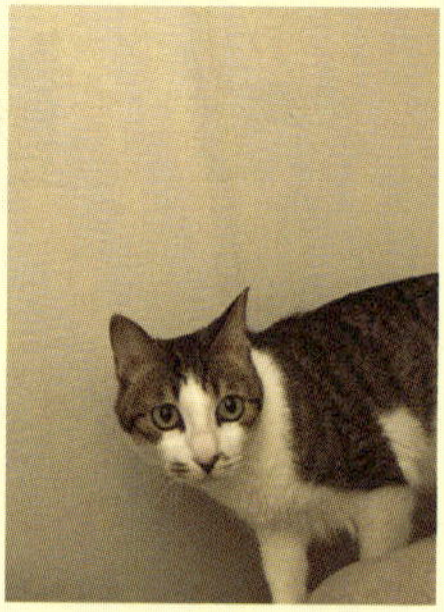
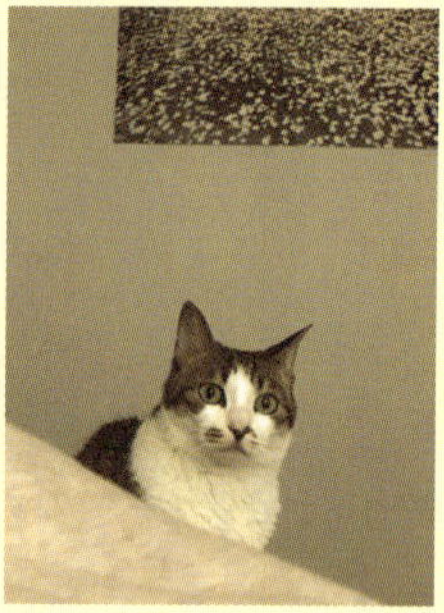
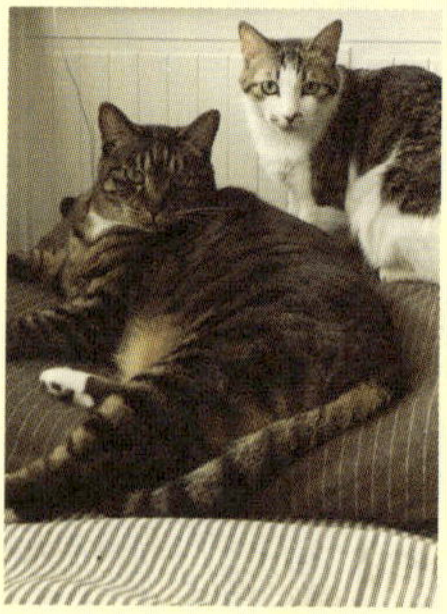
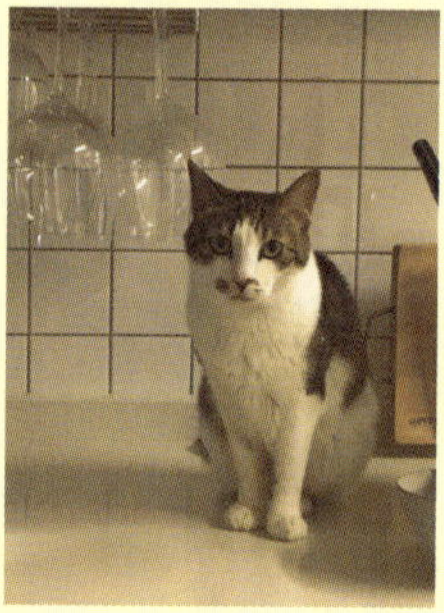

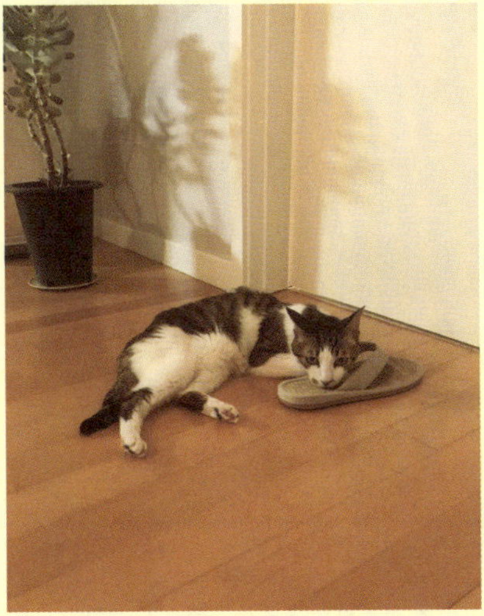
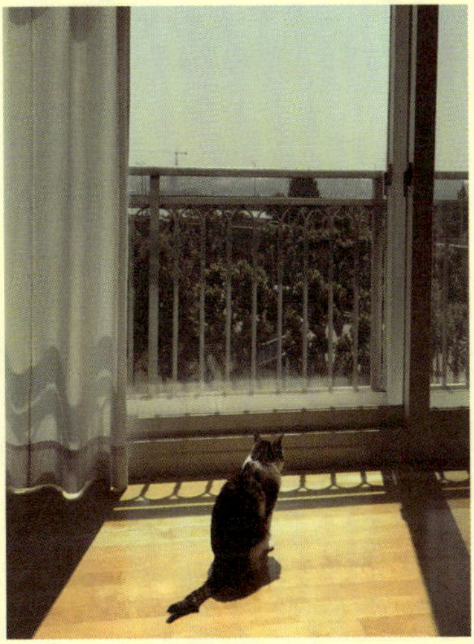
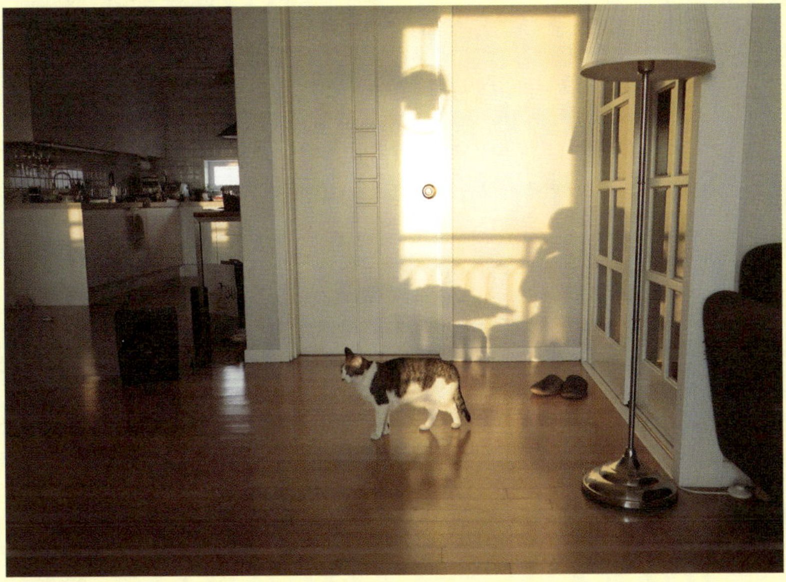

跳跳虎

金荷娜去浅水湾¹旅行时偶然看到一只虎纹小猫，喜欢得不得了。原本她可以带走它的，但最后主人变心了。因为她已经对它一见钟情了，回到首尔后也总是会想起它。她有一次在地铁站入口见到一只与它长得非常像的小猫，那只猫正被放在箱子里卖。当时卖猫的人看似精神有些恍惚，金荷娜立即跟朋友借了三万韩元，把它"营救"了出来，并给它取名跳跳虎。它胆子很小，偏偏喜欢散步。金荷娜以前独居的那些年，它总是自己打开窗户，一出去散步就是好几个小时。这只小胖猫有一个圆滚滚的肚子，感觉肚子马上就要碰到地面了。跳跳虎也是认生的孩子，一有人来就急着把自己藏起来。

---

1 位于忠清南道泰安半岛。

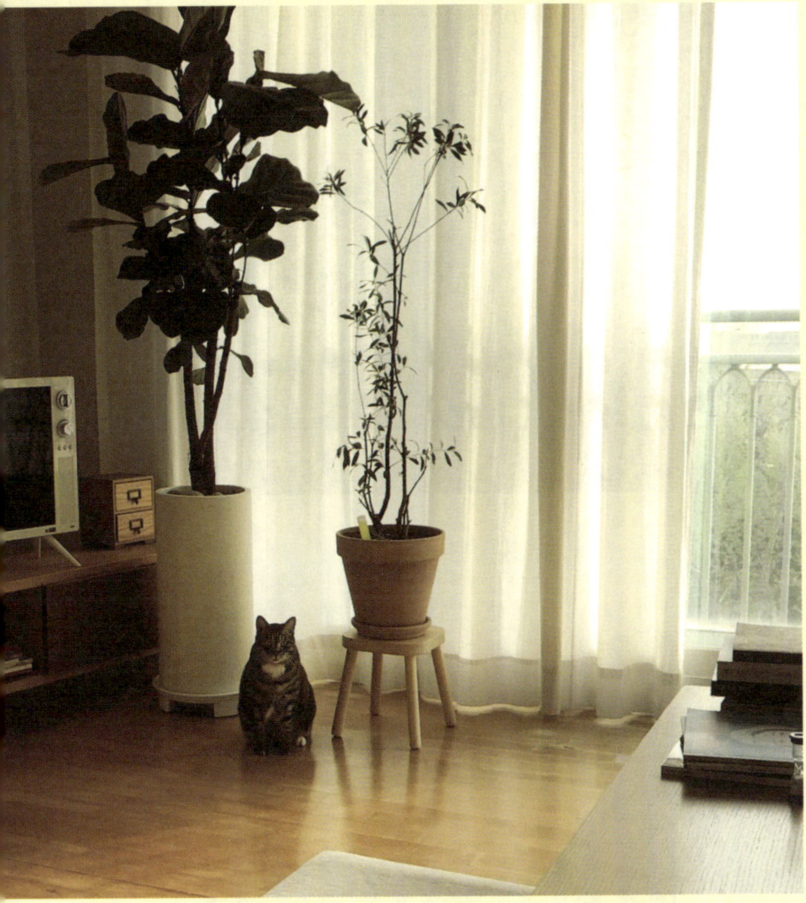

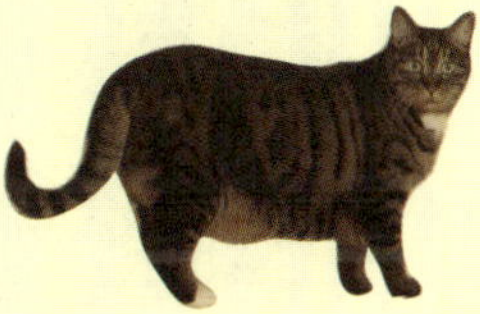

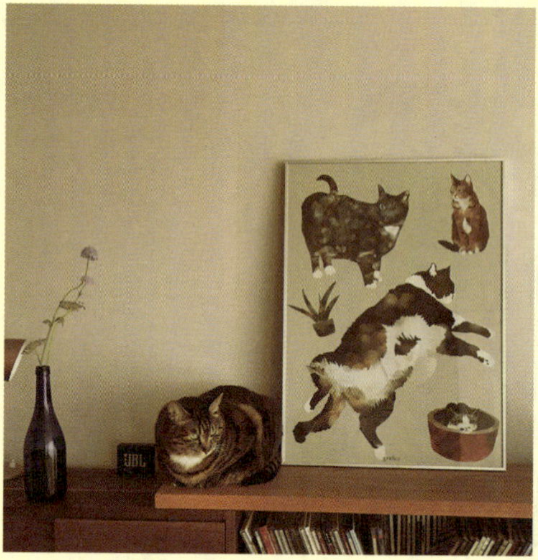
JBL

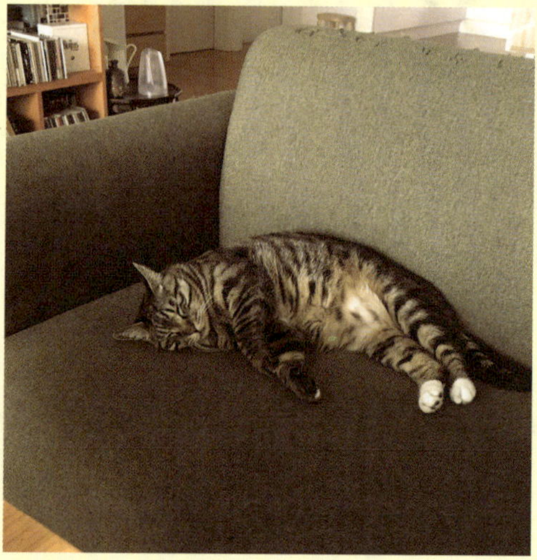

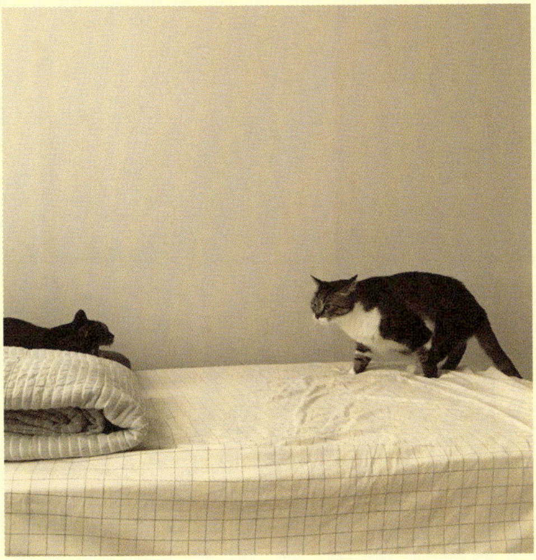

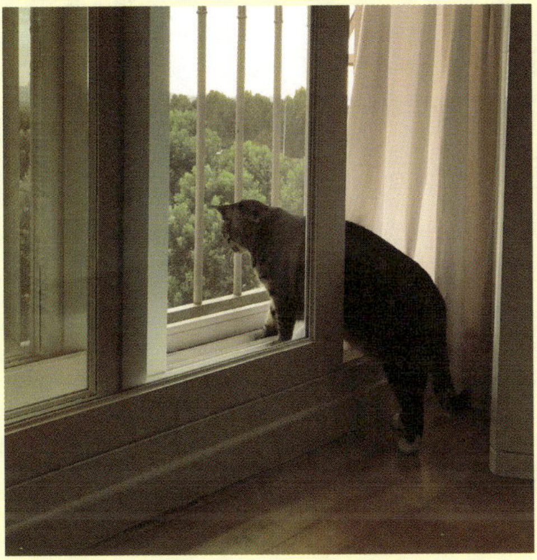

吾郎

它在汝矣岛公园度过了青少年时期,有一天黄善宇的好友经过它时,它蹭上来喵喵叫,就被抱了回来。所以它跟其他三只猫不一样,我们没有见过它小时候的样子。它体格庞大,眼角下垂,瞳孔很大。它很像《怪物史莱克》中的靴子猫,让人一见就心软得一塌糊涂。它不怕生人,如果家里来了安装师傅,它会很镇定地坐在一旁,翻看师傅的工具包。它看着温顺极了,但是如果有人毫无防备地靠近它,有时它会把你咬到穿孔。它虽然是望远洞几个毛孩子中唯一的男孩子,但是声音纤细又尖锐,一度被人怀疑是不是阉伶歌手。

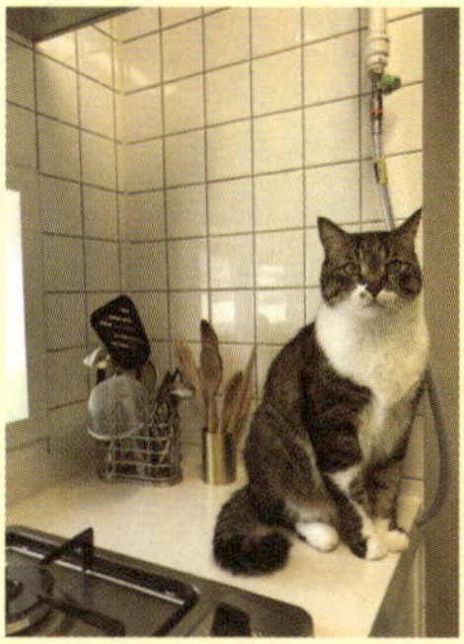
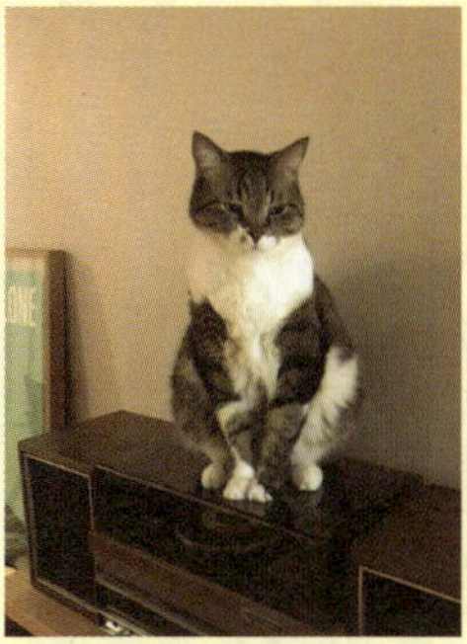
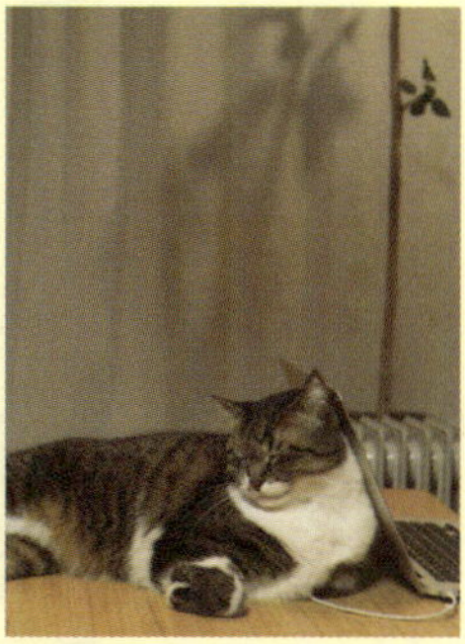
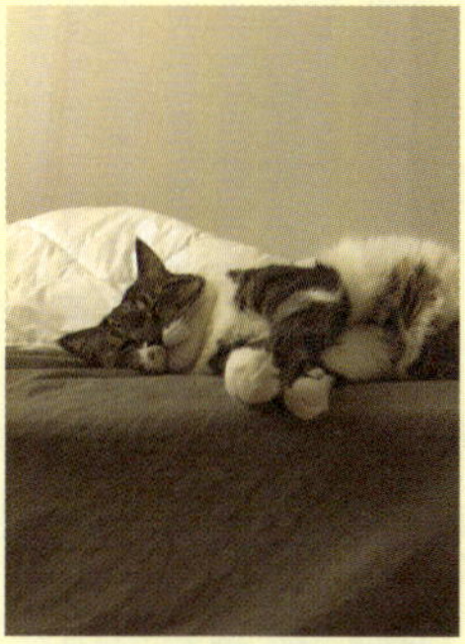
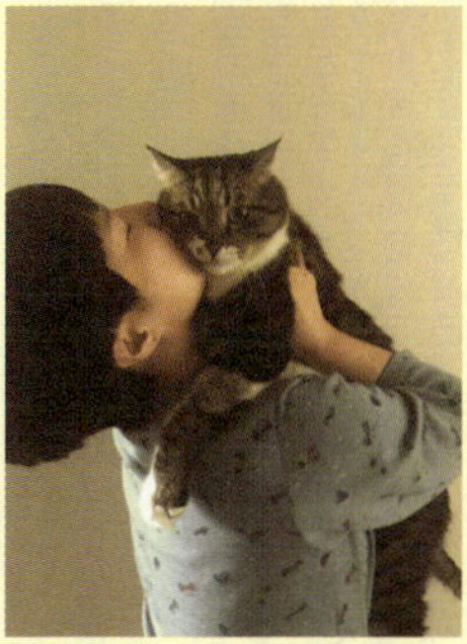
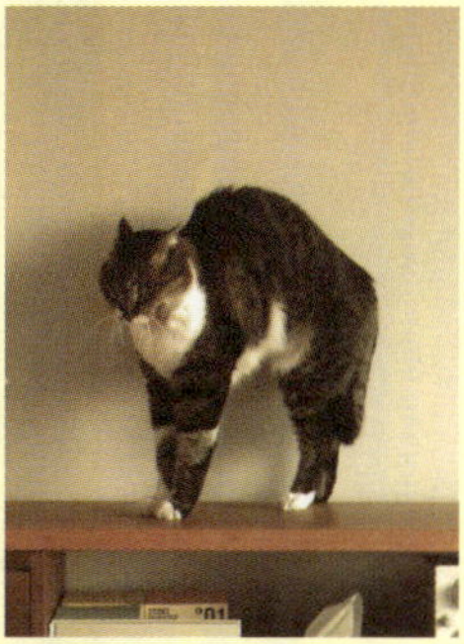
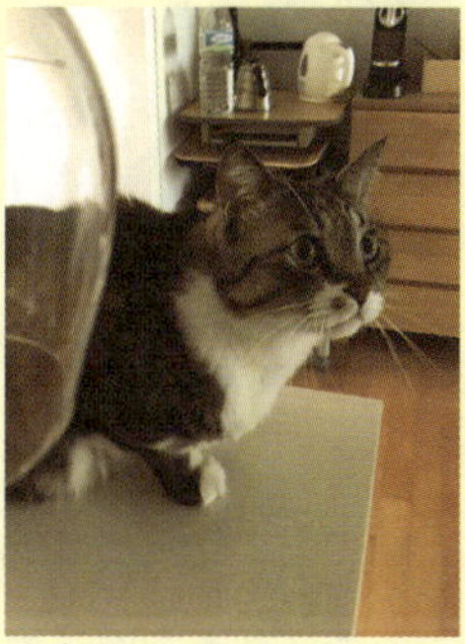
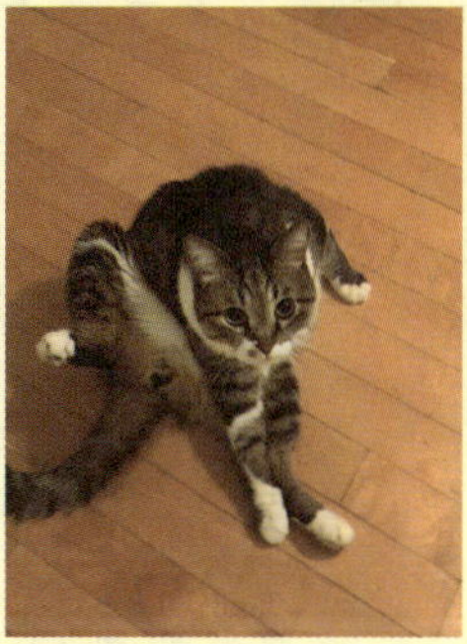
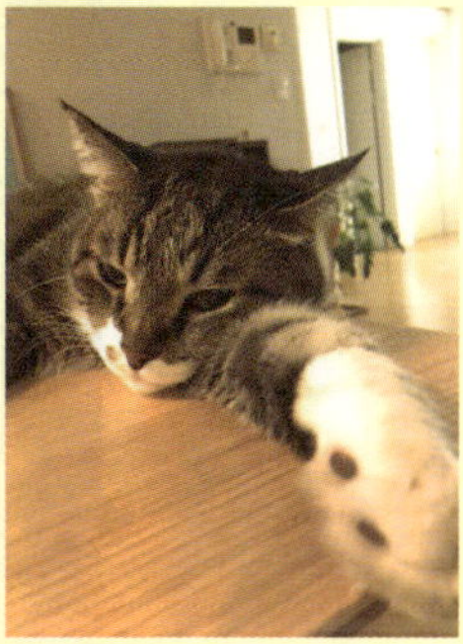

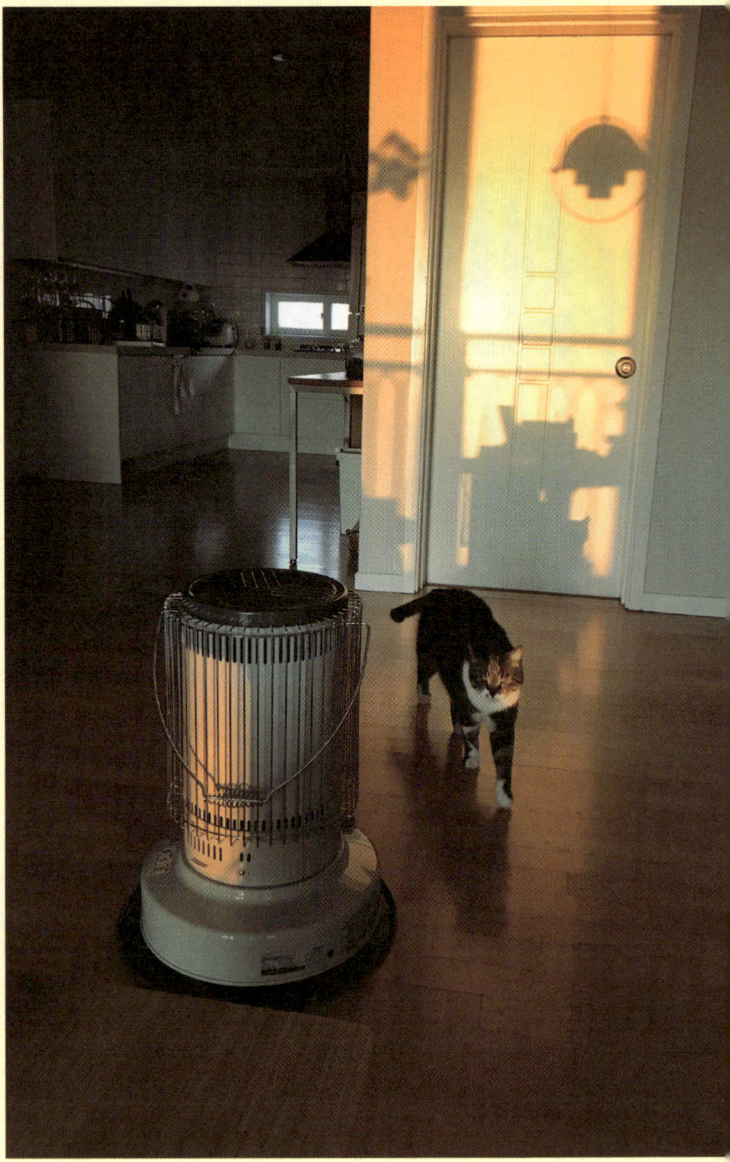

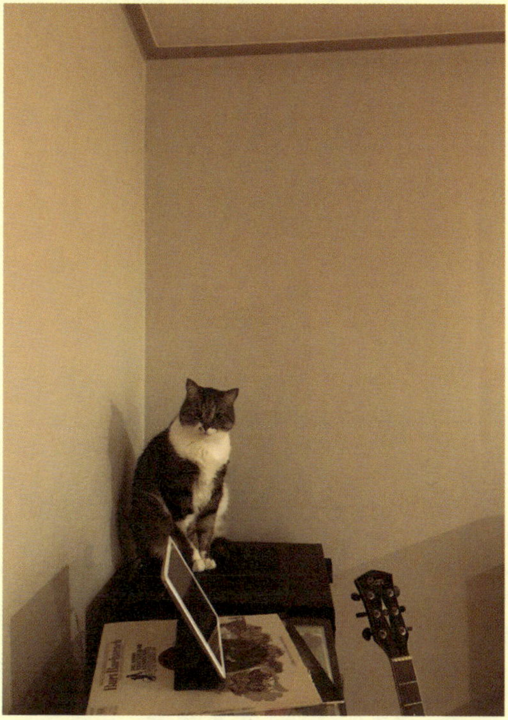

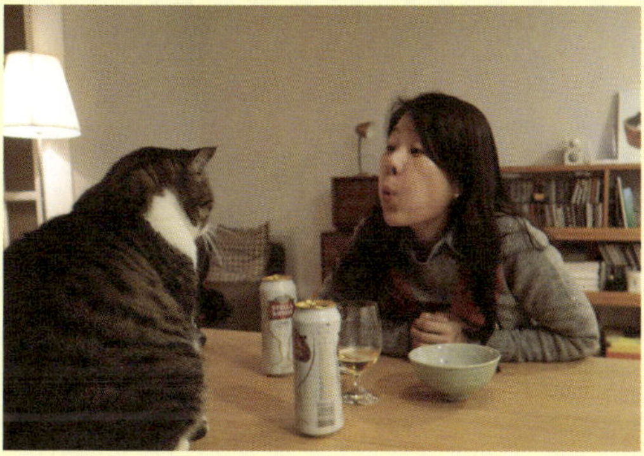

永裴

它是策略家兼行动家,也是四只猫里最年幼、最机敏的一只。它的名字来自黄善宇喜欢的偶像组合Bigbang的成员"东永裴"。其余三只都是从路边抱回来的,是所谓的韩国土猫。但是永裴是阿比西尼亚猫和流浪猫的二代,属于半血品种猫,也是唯一一只在家人的注视下诞生的孩子,自尊心强,要所有人都宠它才算舒心。虽然没人教过它,但是它会在卫生间像人一样上厕所。它真是聪明不凡又神奇的老幺啊。它话很多,一天到晚叨叨地到处走,但是很不喜欢有人抱它,而且好像总是在谋划着什么。

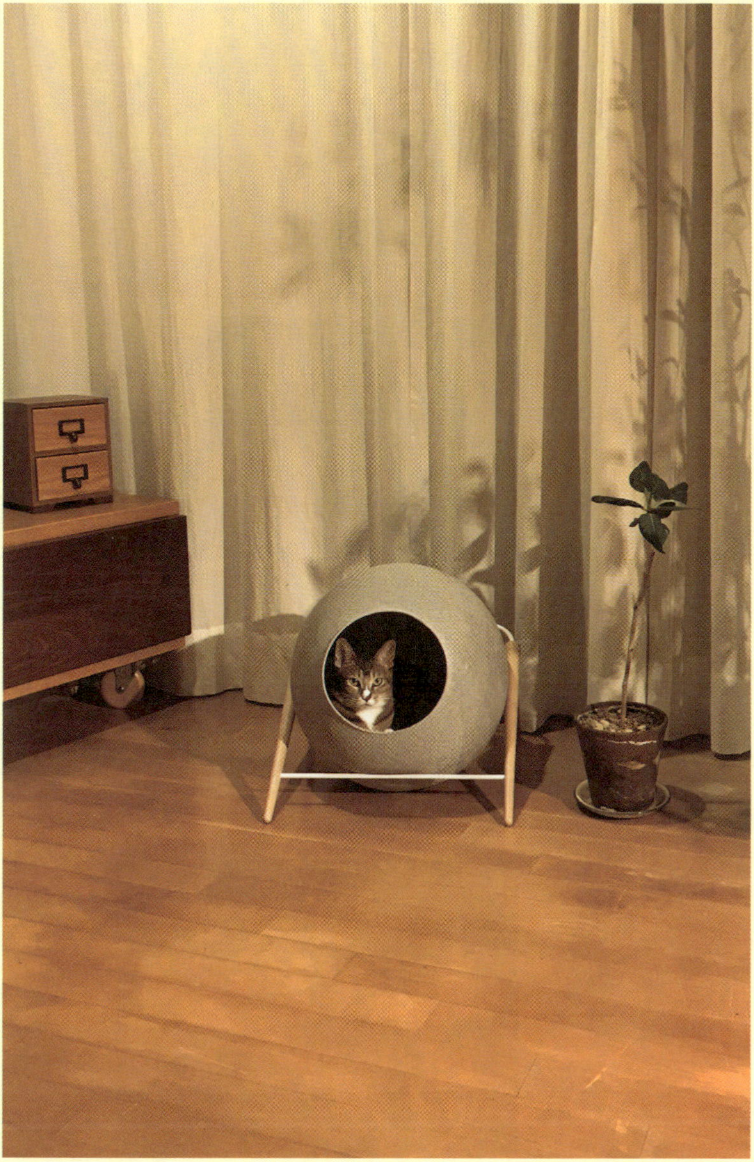

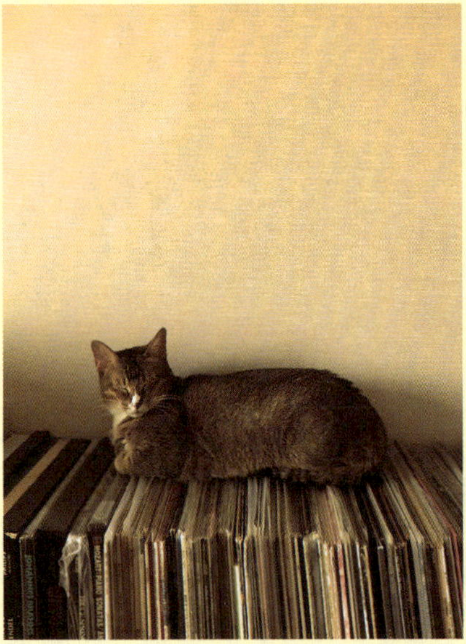

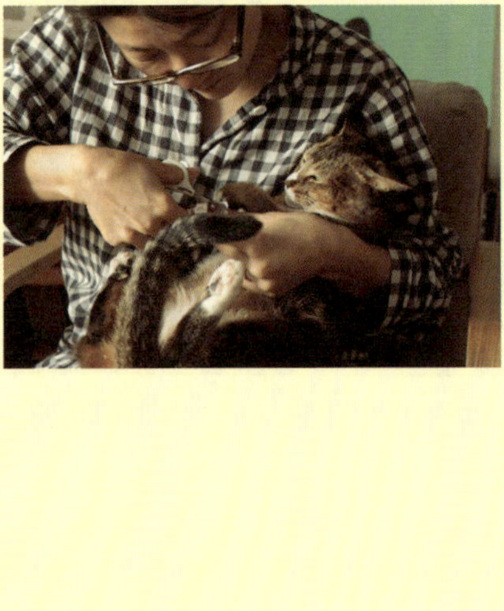

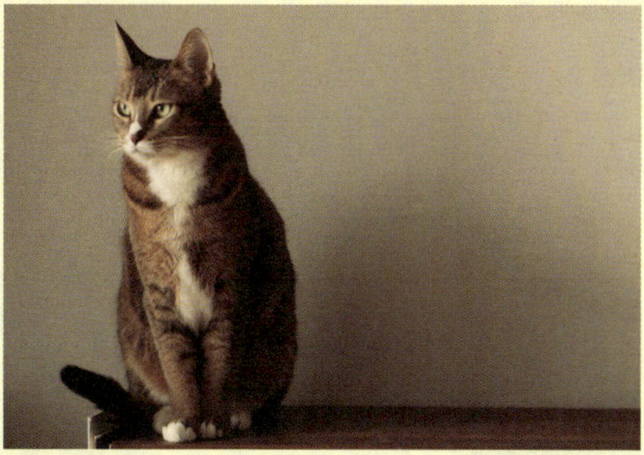

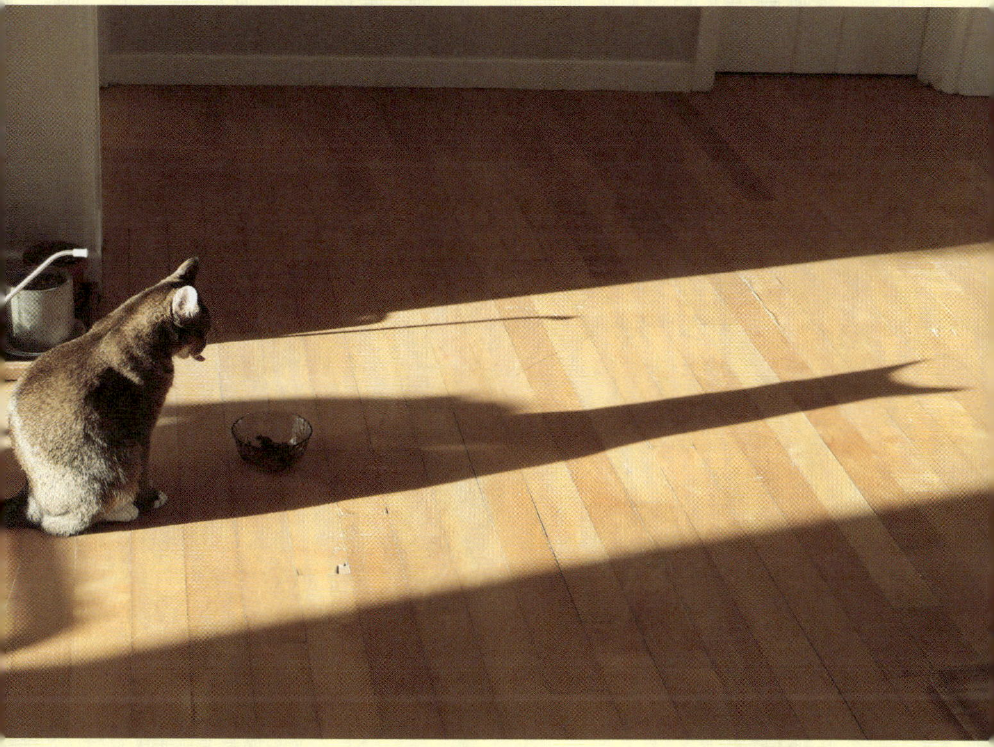

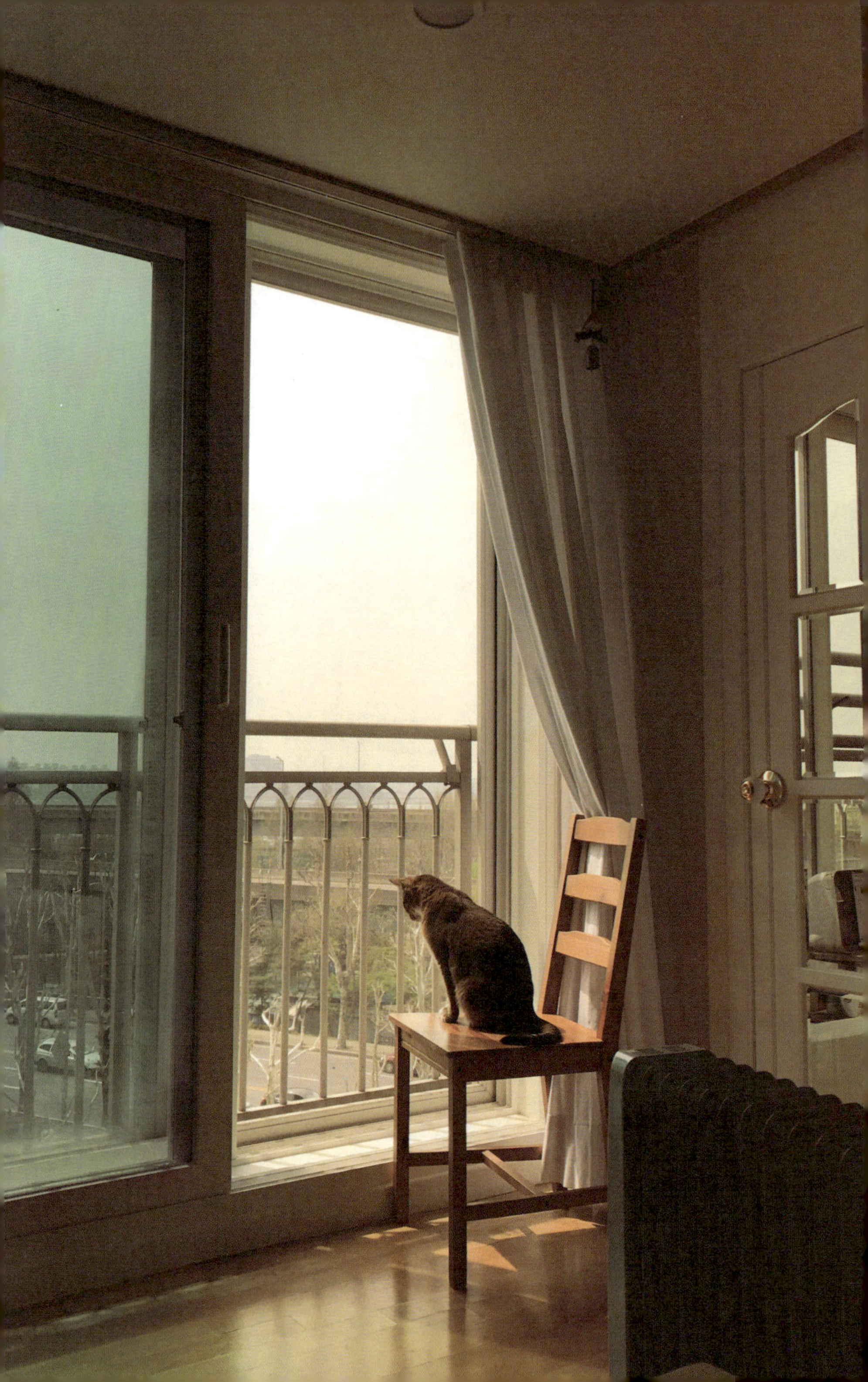

这是在家也练习游泳的"望远洞小蝌蚪"。

"原来你们就是传说中的'都市酒鬼女青年'!"

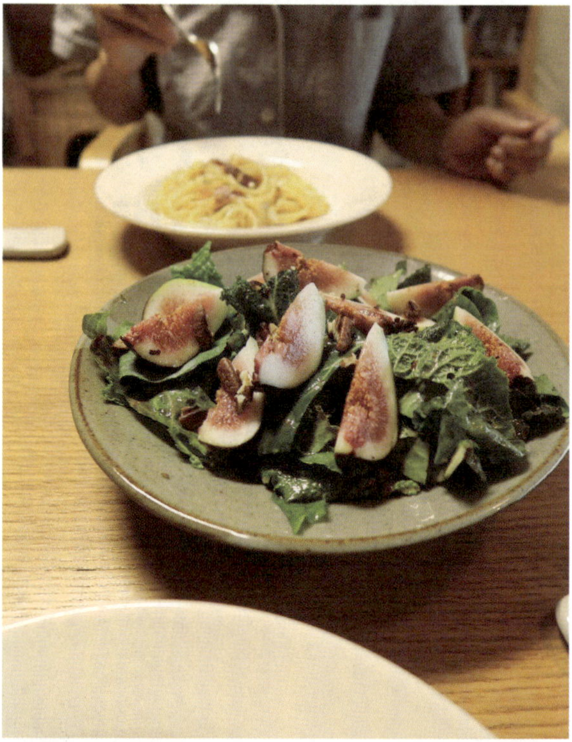

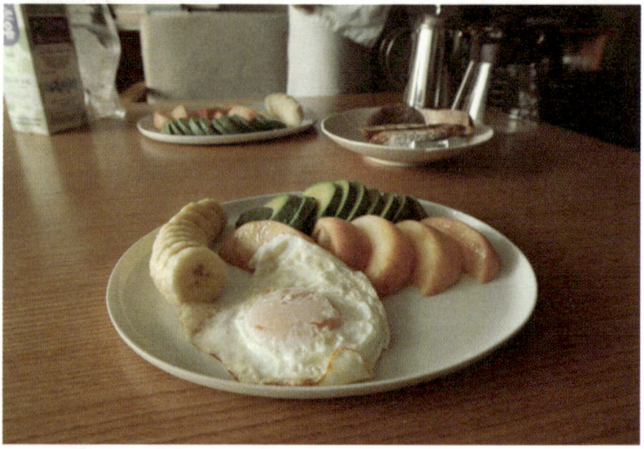

明明家里只有两人，但我家主厨一下厨就至少会做出四人份，甚至六人份。

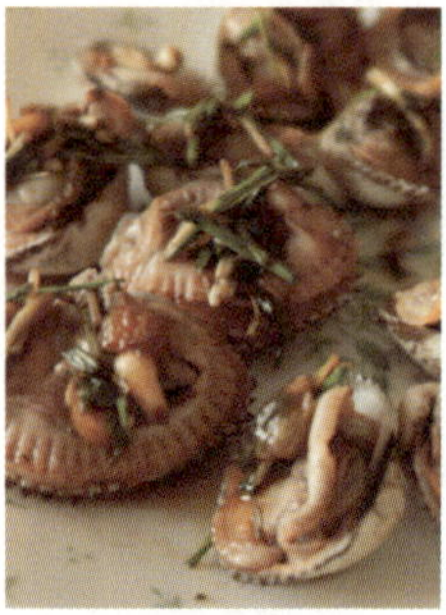
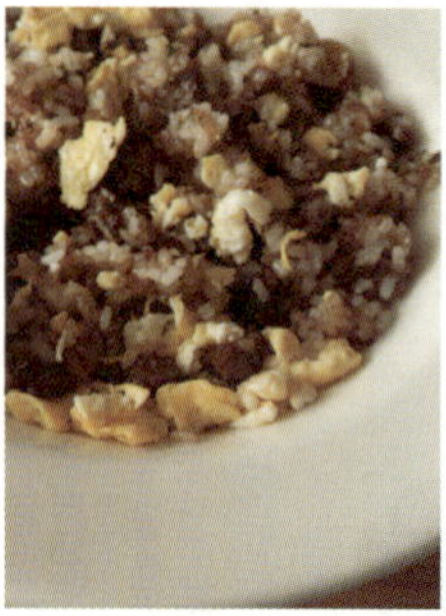
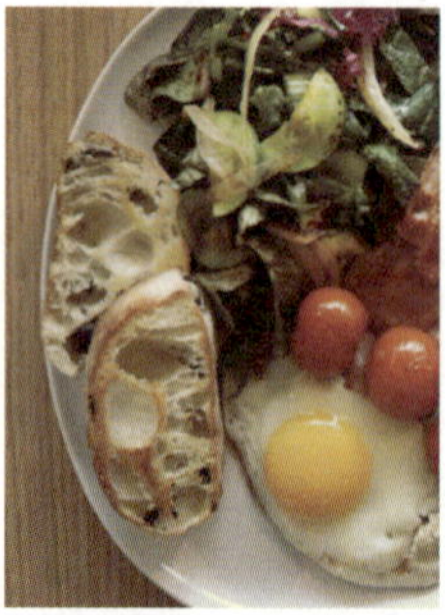
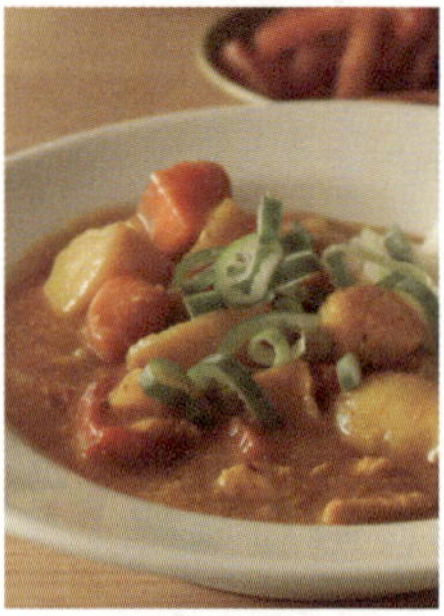
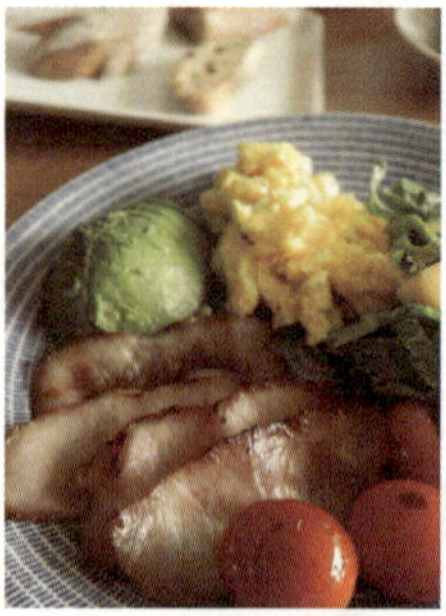
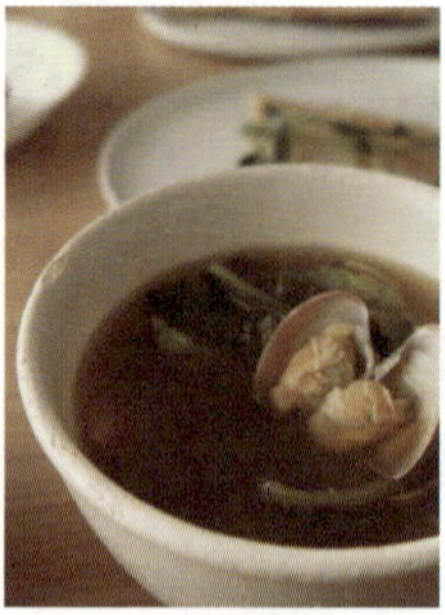
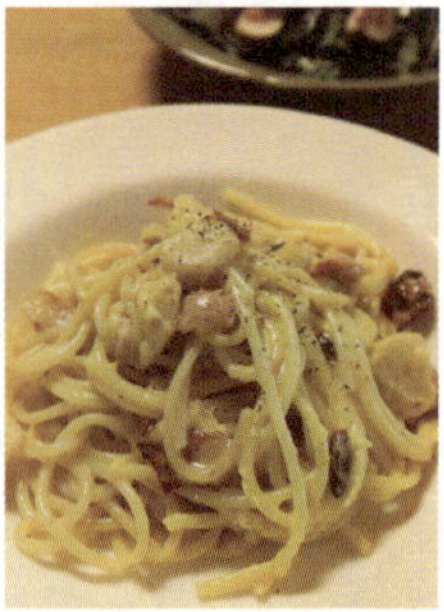
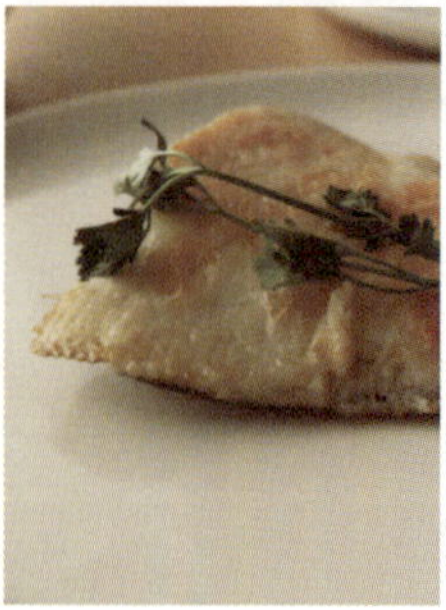
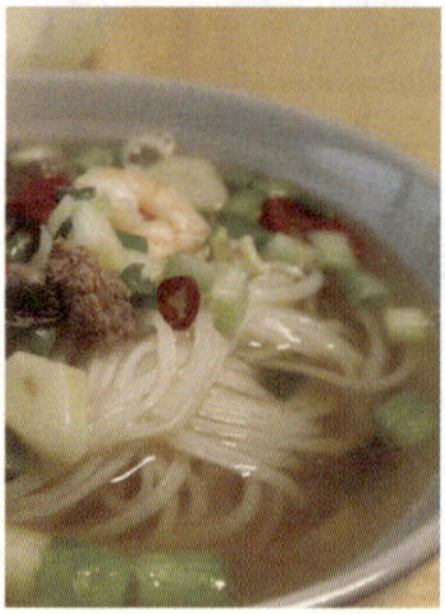

招待客人之后，厨房像被投了炸弹一样。让它恢复如初，是"多比"最大的快乐。

比较实力或分数，望远运动俱乐部在用身体搞笑和运动结束后聚餐方面更优秀，有各种活动场景。

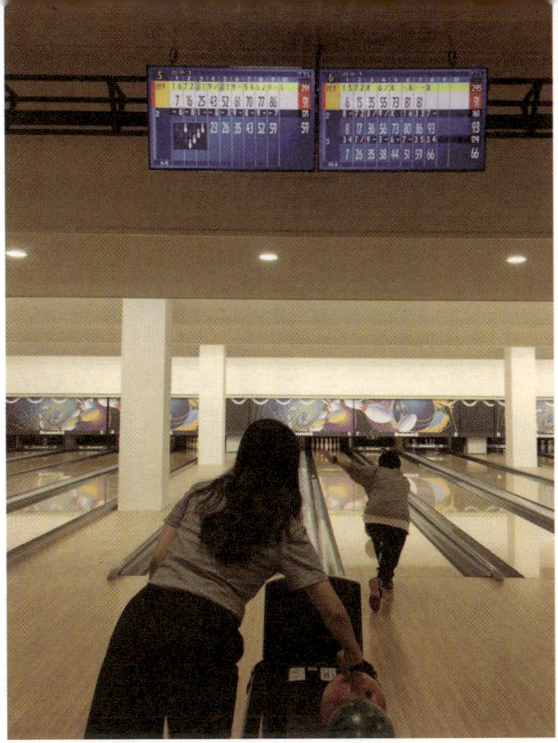

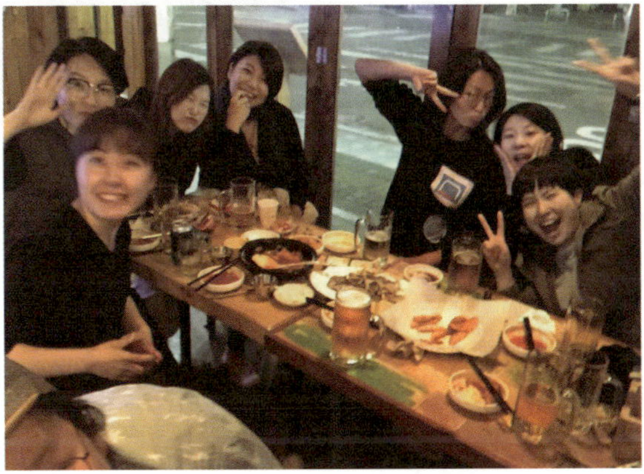

我们的养老计划"Hawaii Delivery"的名字就是来源于这个钥匙扣。
在"豆利文老师"的教导下,怕水的朋友都开始享受游泳的乐趣了。
窗外的一片法国梧桐在风中摇曳的样子,正是我对这个家一见钟情的原因之一。

喜欢独自喝酒的人，现在已经与最棒的酒友一起生活了。

这是小小的人儿和大大的猫。

我们的生日只有半年之隔,分别送了对方一辆自行车。

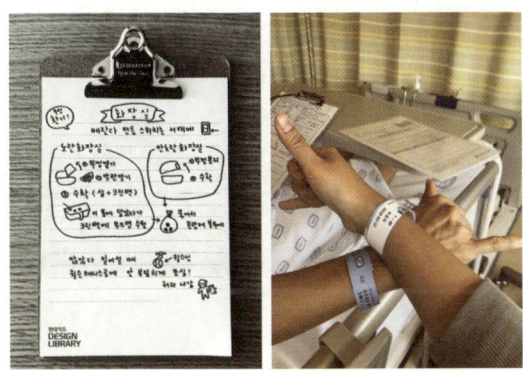

我们不在家时,留给邻居的说明书:"拜托了,猫。"

住在汉江边，跑步或骑车都很方便。

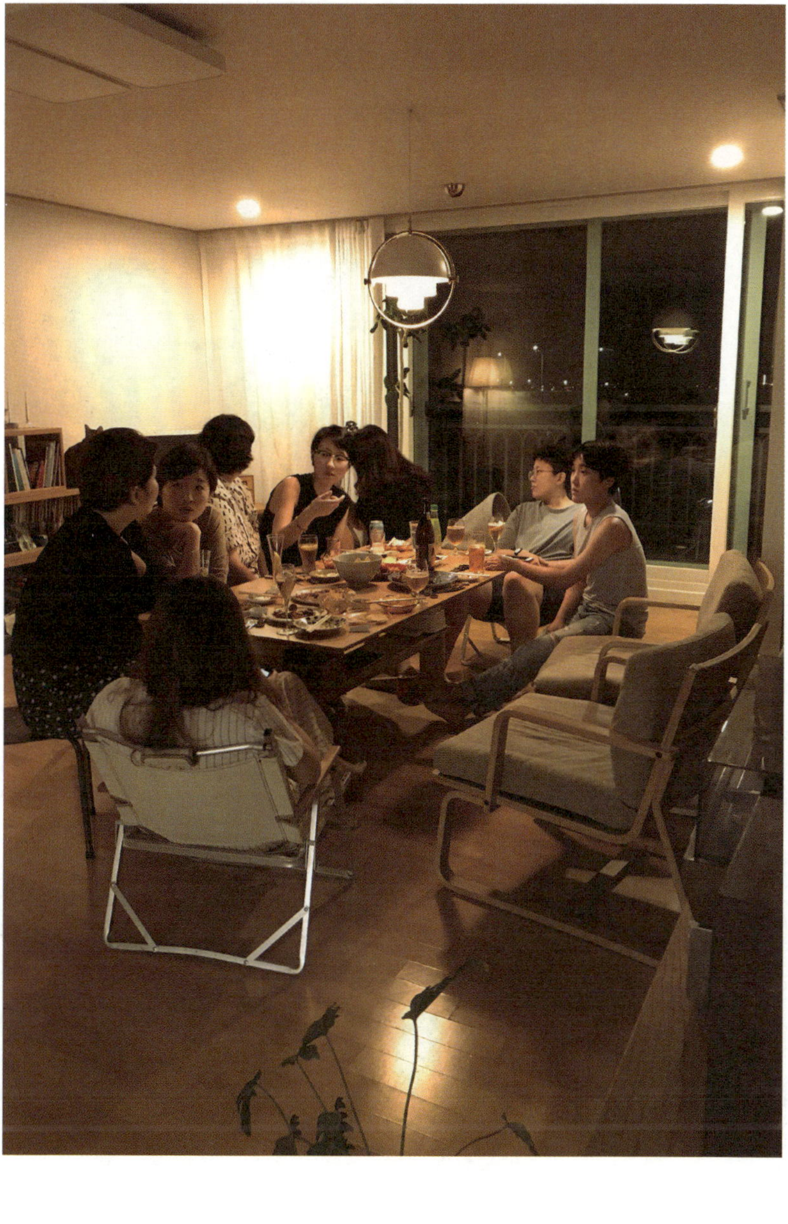

有关"大家庭"快乐分享的书完成后，我们定会再开一次派对。

与洙君昼星夫妇去旅行的那天，我们突然拿起香肠和肉脯一展歌喉。摄影师是洙君。

戴上头盔准备骑车去上班。

都市酒鬼女青年

对于单身青年来说，家附近的好友是仅次于衣食住行的重要因素，将提高生活质量。若有时下班不想直接回家，但也不想跟同事消磨时间，就能有个朋友一起轻松吃个饭；若有时素面朝天，穿着随意地窝在家里，但套件衣服随时就能出去跟朋友简单喝一杯，然后各自回家；若在一整天没说一句话，舌头好似都要粘在嘴里的周末，就能有个朋友一起去附近的电影院看场电影，然后叽叽喳喳地讨论观后感；若有个朋友能和我一起到附近停车点租共享单车去公园兜一圈……如果在步行十五分钟的生活半径里存在这样的朋友，你的生活就会变得极为美好温馨。

但是这样的朋友可遇不可求，也无法通过他人的介绍结识。我还特意了解过有推荐附近陌生人功能的交友应用软件，但它似乎也不是用来交朋友的。就算跟朋友住得近，但依旧存在很多变数，比如彼此的酒量如何，有多耐得住寂寞，何时需要陪伴，是不是重色轻友，加班有多频繁等……我们很难遇见各方面都很合拍的朋友，所以家附近的好友就像是只存在于传说中的独角兽。

如果有合得来的朋友住得很近，那就能常常约出来见个面。但如果这个朋友与你同住在一个屋檐下，那么你们就可以时时相聚了，也就是说你与这个家附近的好友的距离是零。想要约对方看新电影时，也不必担心被拒绝，转个头就能问，然后坐在沙发上一起用网络电视看电影就好了。看完之后不仅可以讨论观后感，还能继续闲聊。但这样也有个缺点，爱酒的人一般在两种情况下想要喝酒，要么是很疲惫，要么是心情好。而现在我们喝酒的机会翻了一番，一半的时候是我想喝，还有一半的时候是同居人想喝。

像安妮·法迪曼在《书趣》中描述的那样，搬家的第一天我们的书在书房结合，而我们的藏酒在客厅结合。如果说两者有何不同之处，那就是当书结合时，我们毫无留恋地将相同的书或是卖给了二手书店，或是送给了朋友。但藏酒可以说是完完整整地结合了。添加利、亨利爵士、猴王47、孟买蓝宝石……往后我们可以调制出各种金汤力酒。我们也聚集了不同产地的单一麦芽苏格兰威士忌，还可以按照年份排列百龄坛、格兰菲迪、麦卡伦则。而原本不怎么喜欢干邑的我，在喝了同居人的轩尼诗XO和卡慕后，体验到了不同于威士忌的别样酒香和味道。当然这些烈酒平时不常喝，所以我们也常备适合日常喝的红酒和啤酒。同居人那个紧跟时下潮流的妈妈，在来我们家看到这许多藏酒后，不禁惊呼："原来你们就是传说中的'都市酒鬼女青年'！"

不知从何时起，我的生活中不再有"常去的酒吧"一说。独居时，我有时甚至懒得约朋友，这时倒是有几个会热情欢迎我的地方：有朋友开的酒吧；还有其他酒吧那里有熟稔的调酒师，我每次去了总会和他聊上两句；也有碰到其他常客就会聊几句的温暖空间。过去这样的空间，也充当了朋友的角色。现在我最爱也最常光顾的酒吧就是我家客厅。我和我最爱的酒友是这里的老板，是会挑选我们爱的音乐的唱片骑师，是会按照我们的口味准备下酒菜的厨师。有一次，我们坐在一起愉快地喝着酒，然后发现酒没了，正纠结于要不要出去的时候，同居人坚定地说："那可不行，一旦解了内衣扣子就决不能再出去！"我把这件事分享在社交网络上，家里常备数十瓶红酒的洙君昼星夫妇看到后，爽快地表示为我们送酒。而还没解开内衣扣子的我毫不犹豫地出了门，欣然接受了来自家附近的好友的善意，这使我们那天的酒席得以圆满结束。所以有什么理由出门喝酒呢？

我们的养老计划

我们是首尔人，还是釜山人呢？我们都是上大学时来到首尔，迄今在首尔生活的日子比在釜山更久。我们在家聊天的时候，经常是釜山方言和首尔话三七分。我们俩第一次来首尔时，心情都是非常澎湃和激动的。"哇，不愧是首尔，真好啊。"我们为只有在首尔才能享受的一切而狂热，也一直在尽情享受这一切。但是不知从何时起，我们感到越来越压抑。首尔有我们无法享受的东西，那便是大海——那个汉江无法替代的、一望无际的大海。

不论是冬天还是夏天，我们一定会在釜山度过几日。而每次在釜山看到大海时，我们都会由衷地感叹："啊，果真还是釜山好啊。"在我们因首尔的恶劣天气和汉江无法化解的那种压抑感而变得蔫头耷脑时，回到冬暖夏凉的釜山休假，成为我们的重要活动。我们面朝大海有一搭没一搭地聊着老年计划。"老了之后我们不如回釜山生活吧？""这正是我想说的话。""那在釜山靠什么生活呢?""在海边开个酒吧。""那体力肯定跟不上啊,怎么办?""可以雇几个壮实的年轻人啊,要不然一周就营业四天也行。"

我们每次一起喝酒,一定会打开音乐。我们都喜欢听音乐。我也算听过不少音乐了,但还是远不及黄善宇听得多。黄善宇具有很高的音乐素养,并且涉猎广泛,从流行音乐、摇滚、爵士到古典。但是我们在某一点上非常合拍,那就是我们喜爱的助酒兴音乐颇为类似。我们俩的年龄只差六个月,所以在几岁第一次听什么样的歌方面有很多共同的记忆。"哎呀!这首歌!""如果你喜欢这个,那你肯定也喜欢另一首!""哇,我以前也很喜欢这首!"这是我们喝酒时经常出现的对话。常常是一个人放了音乐,另一个人马上就会兴致勃勃地说道:"听这首歌,让我想起了另一首歌!"因为我们总是迫不及待地跟对方分享,所以干脆各连接了一个蓝牙音箱,轮换着当唱片骑师。既然是为了助酒兴,比较那些需要认真听的音乐,我们大多会选让我们无意识地随之晃动身体的曲子。如果遇到一些轻佻的音乐,我们反而会更加有兴致,在这一点上我们也很一致。"我都不好意思出去对人说喜欢这曲子……但是我很喜欢的。"分享给对方,果然能够得到共鸣。"就是它了!"在我们看来,我们选的音乐是最好的,所以常常不无可惜地讲:"如果有哪间酒吧放着这些音乐,那该多让人有酒兴啊!"

有一天，我提议不如两人轮流每天选一首音乐，打造一个独一无二的曲库。对比了几个平台后，我们最终决定在我们最熟悉的推特上创建曲库。"我们轮流每天选一首音乐，然后简单发两句感想吧。"以前我也每天发一个灵感，但是同居人怕有时因其他事而无法每天坚持做，所以我就说先试试看，不行再说。我敲了几下键盘，新账号就创建好了，名为 Hawaii Delivery（@hawaii_delivery）。这是一个钥匙扣（在小公洞购入的可爱钥匙扣）上的单词，我们一致同意了这个名字。我在简介上写道"每日更新一首音乐，为二十年后开在海边的鸡尾酒酒吧创建曲库"，接着花了几分钟在网络上搜到了一个有霓虹灯图案的图片，图中有椰子树，树前写有"Cocktails"。此外，我们创建了YouTube（优兔）同名账户，用以同步更新歌单。之所以能够如此高效地完成这一系列事情，是因为我当时正处于截稿期。人们有什么事临近截止期时，往往就能够铆足劲儿做平时不会做的事。最后我上传了第一首曲子《Hope That We Can Be Together Soon》。

截至 2017 年 2 月 28 日，我们几乎每天都在坚持更新。如果其中一人太忙，就由另一人代发，所以也没有严格按照单双日区分。迄今为止，账号运营者是谁，都是保密的。Hawaii Delivery 并不能完全代表我们的音乐偏好。我们将太难懂、太安静或太吵闹的音乐都筛掉了，并将选曲范围缩窄到适合轻轻摇摆身体和海边酒吧的类型。坚持一天上传一首音乐，为我们带来了很多意想不到的收获。我们在听彼此所选的音乐时，就会更靠近对方一些。在分享歌单的过程中，即便我们在不同的地方，也会有某种相通的地方。这很像是一天一曲的对话。

截至2019年1月27日，推特账号Hawaii Delivery的粉丝达到七千多名，曲库已有六百多首曲子。Hawaii Delivery的歌单成为收拾屋子、开车或喝酒时的背景音乐，发挥了真正的意义。希望看到这儿的朋友们，也能够在优兔上搜索"Hawaii Delivery"听一听。有许多曲子会令人联想起一片大海。不久前，Hawaii Delivery二人组去夏威夷旅游，还特意带上了那个钥匙扣，并拍了纪念照。每天选一首音乐存在曲库中时，总会想象一番有一天在釜山或海边开业的很有氛围的酒吧。在首尔生活时，每天也有了一曲的时间感受大海。你一次次更具体地想象未来的时候，就会离那个未来更近一步。或许这也可以说是我们的养老规划。人们都在以各种方式准备养老，比如年金保险、房地产、投资子女等。对于我们来说，每天存一首音乐，就是在计划未来的老年生活。不论这个酒吧梦想能否实现，在每天想象它的过程中我们获得了快乐，这便足矣。

望远运动俱乐部

我跟同居人有很多共同的爱好,如果有对方还没涉足的,总会特别热情地推荐给对方。一本叫《优雅豪放的女子足球》的书,便是其一。这本书的作者金熴非是个足球迷,不仅看球赛,还加入了女子业余足球队。这本书便记载了她在球场上摸爬滚打的血汗史。同居人读完之后,为我挖了一个逃无可逃的狂热陷阱,有一段时间我们俩深深沉迷于这本书,以至逢人就推荐。不同年龄、职业、性格和类型的女性为同一种运动而狂热,因而一起运动、竞争,有输也有赢,不论跌倒多少次,总会再站起来——通过这本书我拥有了极为难忘的间接体验。

在我成长的那个时代,如果不是精英运动员,很多普通女性在成长的过程中都很少接触体育运动。不过现在逐渐有些变化。其他领域的早教和才艺培养都很活跃,唯独体育是及格便好的鸡肋课程。小学时,在操场上奔跑的大部分都是男孩子，在家和学校里总是会有人担心我们没有"女孩子该有的样子"，从不会建议和鼓励我们享受奔跑玩闹的乐趣。到了初高中，除了为成绩而参加体育测试，很少有机会接受令人愉悦的长期体育教育。到现在为止我还是很疑惑，为什么女学生的体育活动总是玩躲避球？在游戏过程中唯恐被球打到，一直要战战兢兢地躲避，被打到后就立即淘汰出局。这样的规则毫无力量可言，还在我们的心中种下了一颗恐惧白色排球的种子。进入社会后，这种游戏对我们也毫无用处。明明除了这种游戏，女性还有很多更好的选择，比如真正的足球或者篮球。大家成为团队的一员，一起流汗，一起为了目标奋斗——女性更需要诸如此类的经验。

　　正是因为这种情况，很多女性往往成人后才慢慢体会到运动的乐趣。我在娇弱的二十多岁时，也完全与运动隔绝，浪费了许多时间。到了三十出头，我才渐渐开始运动，契机是我扭伤了肩膀，完全动不了，去骨外科检查后，被诊断为慢性肌腱炎和部分半月板撕裂。医生以这世间最漠然的语气对我说，我已到了逐渐衰老和退化的阶段。这让原本只对皮肤衰老有意识的我大受刺激。正因为那天医生说肌肉结实才不会伤到关节，所以自那之后我就像服药、打针那样慎重地做康复训练。这一做便是十年。现在我方醒悟，若不是当时触底反弹，我甚至会在毫不知情的情况下一点点沉没。我体会到了锻炼身体的必要性,也感受到了使用身体的乐趣,虽然知道得有些晚,但也算是万幸。我坚信储存肌肉跟储蓄钱一样,都是为养老所做的必不可少的准备,而且运动带来的快乐完全可以抵消其所引起的麻烦。

在最享受独处的三十多岁时,我很喜欢那些能够独自做的高效运动,比如约私教训练,自己用器械做力量训练,以及无须配合他人的时间、无须为他人的便利着想、任何时候只要系上鞋带就能出发的跑步。之后通过网球,我在多人运动的"不便"中体会到了新的乐趣,那是来自与对方来回击球的乐趣。而这无法通过自己或是人工智能获得,只有四肢健全的人,才能给你带来这样的乐趣。

我们也有一个松松垮垮的运动小组,叫"望远运动俱乐部",简称"望体俱",不过不如金焜非的足球俱乐部那么正式。同居人是俱乐部的核心人物。她很有当队长的潜质,就算是麻烦一些,也更喜欢与大家一起行动。而我是那种不论何时都想自己速战速决的忍者类型。我第一次跟金荷娜正经地聊天,也是在以她为核心的"每周抛接球"聚会上。聚会的主要活动就是在景福宫周边散散步,抛抛球。现在"望体俱"的大部分成员都是住在我家附近的朋友,其中不少也是金荷娜从西村时期就开始组织的轻松研讨会"粗浅的知识"(现在已经组织了第二期,即寻找美食的聚会"粗浅的美食")的成员。虽然这些朋友平时也都经常聚在一起，但自从搬到望远洞后，总觉得应该充分利用社区的基础设施，开展一些户外活动，这才有了这个俱乐部。我们有时会去门前的麻浦区民体育中心打保龄球，有时会去体育中心旁边的停车点租共享单车骑车，有时也会到不远处的望远汉江公园的游泳池游泳。这些都是"望体俱"的代表性活动。

熟悉的面孔，熟悉的玩笑，若再加上些肢体运动，便会制造出更多的笑料。所有人都很业余，也有些生涩，但我们会彼此学习。在游泳聚会上，有的人学会了转弯，有的人学会了自由泳，有的人还学会了潜泳。大家聚在一起，彼此传授自己擅长的部分。"望体俱"中常常会让氛围变味儿的那个人就是我。我由于那莫名其妙的胜负欲，原本只是玩乐似地打保龄球，结果打着打着就因为分数不理想而变得郁郁寡欢。

很容易陷入某种狂热的同居人，教给我最实用也最令我感激的一件事就是游泳。搬家后，金荷娜得知除了家门前的体育中心，在步行十五分钟的距离内还有一个市民游泳馆。她随即报了初级游泳培训课程。在寒冷的二月，她要进入水中游泳，上的还是只有早课的初级班。每次感到过于逞强的时候，金荷娜总会反问自己："至于这样吗？"可就是这样的金荷娜，却令人意外地将这个艰难的挑战持续了十个月之久，从未间断。有一阵子，这个菜鸟游泳者，在家里也活得像是在水里。她会在优兔上查找一切有关游泳的课程，也因为游泳时鼻子呛水而受了不少苦，还会为了第二天的游泳课控制酒量，这展现出她成熟节制的一面。她会穿着睡衣趴在客厅的墙上或趴在阳台上，练习踢腿、划水等动作。我送了她一个外号"望远洞小蝌蚪"。在如此坚持不懈地努力了几个月之后，"望远洞小蝌蚪"不仅学会了蛙泳、自由泳、仰泳，甚至还学会了一点蝶泳，一跃成为小青蛙。但她没有就此止步，而是开始教我乃至周边的好友游泳。

作为喜欢独来独往的忍者类型，以及时时刻刻都在想还能有什么进步的模范生类型，我从同居人身上发现了另一种令我感到神奇的秉性。她在看到有人变得更好时，便会真心替对方感到开心，有一种积极帮助他人的奉献者倾向。不知是不是从曾分别是韩语老师和历史老师的父母身上遗传的基因，同居人不单有一副古道热肠，在教其他人时往往也是非常有技巧的。去年春天，我们跟好友一行六人去了泰国华欣旅游。去时会游泳的人占一半，而在带游泳池的酒店住宿的五天四夜里，全部都会游泳了。由于儿时的经历而怕水、不敢将脸埋在水里的朋友，在最后一天也能够在宽敞的酒店游泳池里游泳了。我们也不知是为了谁，但那一刻内心无比激动喜悦。我们结合海伦·凯勒的老师沙利文和金荷娜的外号豆儿，献给了她一个新的名字——豆利文老师！旅行回来一个月后的教师节那天，学会游泳的好友为她献上了康乃馨和一张写着"豆利文老师，我爱你"的贺卡。

我的运动偶像既不是"照片墙"上多如牛毛、拥有魔鬼身材的健身教练，也不是某职业运动选手，而是金荷娜的母亲。"你们知道老了之后自信从哪儿来吗？从体力中来。"金荷娜的母亲身材娇小，年轻时由于体弱常常病倒在床上，但在四十岁后开始努力做瑜伽和游泳，现在已经有资格说出这样的话了。有一次送我们去釜山站的时候，阿姨给我们讲自己四十多岁学习游泳时第一次潜泳成功的经历。"有人从游泳池的一头游到了另一头，中间居然没换气。当时我就觉得那个人真了不起，真厉害。我不行，肯定不行，我肯定憋不住气。后来有一次我下决心尝试了一次，想着能游多少就算多少。没成想这一游就游到了最后。一次气都没换呢。可别提多高兴了。所以不论是什么，你都别觉得做不了。先试一试再说。"

四十多岁的我还有很多没做过的运动，没锻炼到的肌肉。或许我也能够做过去一直不敢做的事情，就像那个要一口气从游泳池的一头游到另一头的潜泳人。我从第一次被宣告"衰老"的时候，便做起了运动，到现在已经有十年了。现在我想尝试各种挑战，持续地使用我的身体，就像年至七旬还声称自己体力正处人生巅峰的李玉善女士那样。虽然一个人能够走得更快，但若想走得更远，就要有他人陪伴，因为这样才不会觉得人生冗长而枯燥。我的下一个目标就是与"望体俱"的好友打网球。我想来想去还是觉得应该先送金荷娜去学习，然后让她再教其他的朋友，可能这样会更顺利。

需要男人的时候

哗啦啦——。2017年3月10日,一股巨大的水流从我们家客厅的天花板上倾泻而下。我们家处在了危难时刻。在生活中,还有比这更戏剧化的时刻吗?

前一日我与同居人在外吃了晚餐,还喝了杯酒,所以很晚才回到家。可打开玄关门的刹那,差点没双双跌倒。客厅地板上到处是水,并且水流还在从天花板上不断往下冲。我们手忙脚乱地用毛巾擦水,然后赶到楼上按了门铃。楼上一对中年夫妇说,自己家现在没有打开地暖开关和水开关,所以不可能是他们家导致的。楼上阿姨下楼看了一下我们家的情况,然后拿来了抹布和一个很大的脸盆,帮我们一起收拾了起来。那一晚,听着天花板脱落后掉入金属盆内发出的撞击声,我们彻夜未眠。不仅是因为声音扰人,更是因为我们搬来不过三个月,怎么会发生这么倒霉、这么荒唐的事呢?简直是太让人伤心了!我们每隔几小时就倒一次脸盆内接满的水,但是这水流好像永远不会停，脸盆一转眼就会满。而且水先是积在天花板上，使壁纸鼓起一个大包，大包撑不住了，水才会冲下来。我们的壁纸贴上没多久，所以混合着壁纸内糨糊的水变得黏稠、污浊。又因天花板和地板的落差，水花溅得四处都是，门、家具都没能幸免于难。简直是要把人逼疯了。

我们家的危机，到底是因何而来，又要如何终结呢？我们毫无头绪。我们约了漏水检测人员一起去我们家楼上。两位工作人员已经到了，但是按了好半天门铃都没人开门。给楼上阿姨打电话，阿姨惊讶道，"哎呀，我丈夫不在吗？等一下，我联系看看"。她说她丈夫很快就会回来。半晌后，大叔才慢悠悠地现身。检测人员表示需要楼上大叔承诺支付检测费用，才会开始工作。大叔不答话反而一直转移话题，拖延时间，说什么自己以前是这栋公寓的管理所长，有认识的人之类的。他前前后后打了好几通电话，对着电话那头说，"这个吧，说是漏水，但我们没有责任啊"。一番话让我们听得火冒三丈。

此时，我家可还在漏着水呢。最后大叔磨蹭了好半天，终于同意工作人员检测。两位检测人员打开了检测仪器，开始做检查。在检测漏水点时，检测人员最终发现仪器指向的位置是楼上厨房的水槽下方。他们拿掉踢脚线一看，发现里面已经被水淹没了。楼上水槽下的阀门出了故障,水源源不断地流了出来。而渗入地板的水穿过我家的天花板,在壁纸内积了一段时间后,冲破了壁纸,混合着糨糊的水便瞬间倾泻而出了。

漏水原因已经很明显了,就是楼上的问题。意识到这件事的瞬间,大叔的态度发生了一百八十度大转弯,开始絮絮叨叨地说,"呵呵呵!哎呀,怎么会发生这种事呢?活着真是……阀门怎么会自己开呢?哎呀,真抱歉啊。不愧是漏水检测专家啊!这个仪器真神啊,一下就找到问题在哪儿了。哎呀,师傅,把这个拧得紧紧的!让它再也不能开,一定帮我好好封上啊!"

总之,水阀是关上了,而积在天花板上的水也只能等着它慢慢流出来了。所以那天之后,天花板上还流出了不少水。做漏水检测后的第二天,楼上的夫妇找上了门。刚一进门,大叔就大呼抱歉。"哎呀,真是抱歉。我们会让你家完美地恢复原状的!这才刚刚搬来,该多伤心啊。太抱歉了。幸亏我们买了保险。保险公司说会来调查,然后就会赔偿的。一定要好好修一修。我们也有跟两位差不多大的女儿,看到你们让我们想到了独自在外生活的女儿啊。"相信保险公司会赔偿的大叔说了不少大话,并且就像是他们发了善心才帮助我们一样。

保险调查员给出了报价。漏水位置下方的地板已经被水泡坏了,起鼓很严重。保险调查员说如果要换地板,会由保险公司的合作公司来负责搬运和施工等工作。但是楼上大叔的行为开始变得怪异，推说要找自己认识的公司，然后一次次地拖延，到后来竟然说要用建公寓时保留下来的储藏在地下的地板给我们维修。那是扔在地下室十三年的地板。简直不可理喻。之后他还给同居人打电话，说自己最多能给多少，再多就给不了。而这个金额却不足保险公司报价的60%。毕竟是楼上楼下的邻居，而且对方也不是故意的，闹得彼此都不愉快也没什么好处。因此，新家的天花板脱落成那样，我们也没有多说什么，还静静等待了几个月。可等到的是对方倒打一耙。我听了通话内容后，顿时怒不可遏，立即打电话过去大声理论。虽说我平日里的声音或语调都较为沉稳，可如果利用腹式呼吸全力爆发，就会发出帕瓦罗蒂般洪亮饱满的声音。大叔坚持说他们家没有责任，中途便挂断了电话。

我后来才知道，大叔以为保险公司会全额赔偿，所以才敢说那样的大话。他知道居然还要自己承担一部分费用后，立马就翻脸不认人了。就算是自己承担，实际上也没有多少，可他为了省那点钱，竟连脸面都不顾了。而将楼上大叔的拙劣行为展现得淋漓尽致的事件，还要数某一天我们收到的一封印着首尔西部地方法院邮戳的内容证明邮件。信中内容乃其亲笔所写，大致是我们的要求与刚开始彼此约定的维修范围大相径庭，他们并无责任。不幸中的万幸是同居人为以防万一，录制了大叔说大话的音频。我们冷静地给对方发送了信息："荒谬的内容证明似乎与我们人声录音文件里的内容有出入啊。"

此处就不再详述其间我们经历的"一地鸡毛"了。总之，最后楼上夫妇表示无法支付自费部分，让我们写阴阳合同。我们虽然本不必理会他们的提议，但若通过诉讼解决，未来很长一段时间里，不仅要忍耐天花板脱落的样子，还要忍受各种法律程序带来的压力。因楼上大叔令人发指的行为和态度，同居人不愿接受他们提出的阴阳合同解决方案。我劝说同居人，不如就接受吧，然后用稿费来替代他们的赔偿金。也就是我们把整件事，乃至楼上大叔的拙劣行径都写成文字，用他们提供的素材抵消他们的赔偿金。这就是这篇故事的由来。

如果有人问我们"有没有因为家里没有男性而感到遗憾的时候呢"，那我可能会说"有那么一次"，然后将这个故事讲给对方听。如果我们的家中有比那个豆芽儿似的楼上大叔更为健壮年轻的男性，那他还敢说要用在地下室闲置了十三年的地板为我们维修？还敢说赔偿我们小于保险公司报价60%的金额？还敢发给我们表示自己没有责任的内容证明？不，他定然不敢。

我为检测漏水情况到楼上时，看到他们家中的墙壁上挂满了与女儿去世界各地游玩的照片。想来他那各自独立生活的女儿，在这个世界上也是多有不易。而这不易，多半也是他这样的人造成的。

我的主监护人

我与同居人都喜爱的小说家郑世朗有一部长篇小说叫《五十人》，小说的故事发生在京畿道的某家综合医院里。医生、患者、监护人、尸体搬运工……五十人、五十段故事，道尽了医院这个小社会的百态人生。当初我读得是津津有味，医院这庞大的系统自然与我无甚干系，因而我更觉得它是个新奇的世界。人在健康时就容易忽视健康。所以三月的某一天，我不幸地躺在了一间五人病房的病床上，遥看窗外黄沙弥漫的都市风景，也成了这偌大综合医院中渺小的一部分。

我和同居人戴上医院给的手环后，就像往常我们去摇滚音乐节时那样，彼此手臂交叠成X形，拍了张照片，尽显主监护人和患者活力四射的面貌。病房是正南朝向，想必这是为了给患者提供更舒适的环境。我恰好被安排在窗边的床位，这里果然很舒适。远处牛眠山连绵起伏，我就坐在床上看着日头一点点落下去，什么都不做，也什么都做不了。我有多久不曾像这样彻底放空自己，任时间流逝呢？

我离开工作了十三年有余的公司后，第二天就住了院。不过需要住院四天三夜，是为了做一个三周左右就能出结果的简单手术，我在上班期间却从不敢动这个请病假做手术的念头。我曾在论岘洞办公室窗外那抹再熟悉不过的景色中看过无数次日落。而医院这个空间，还有我此刻突然被放慢的生活节奏，让我感到无比陌生。同样让我感到陌生的是厚实硬挺的病号服下的那个我。按医院的要求，我摘掉了身上所有的首饰，还有隐形眼镜。色彩绚丽的美甲也都被清除了。我整日素面朝天，甚至没办法好好洗澡。那些在走廊里走动的患者本没有什么相似之处，可远远看去好似又没什么区别。就在几天前，我还在办公室里，处理只有我才擅长的事，还有我负责已久的各种杂志。我身边有认可我的个性和能力的人们。我还是那个因过于勤勉而不允许自己请一个月病假的职业人士。可我由外而内卸去自我的标签后，在这里就仅剩一张记录着性别、病名和年龄的患者卡片。

"会有一点痛哦，来深呼一口气。"手术前一天我被告知要灌肠，我以为跟体检时做肠镜前一样，只需喝清肠药，再去趟卫生间就好了。可我万万没有想到，竟然是要用注射器从肛门把灌肠药送进去。整个过程中护士的态度坚定又漠然，手法娴熟，毫不拖泥带水。这种感觉就像是我去银行排队，被叫到之后我便说出金额，工作人员给我换外币，然后我就可以走了。它完全是程式化的。只不过业务处理对象，既不是美元，也不是欧元，而是我的身体。去卫生间前，约莫有十分钟等待肠道反应的时间，其间小腹一直发出咕噜咕噜的声音，声音中透着一股悲凉和屈辱。我在内心安慰自己，"我是轻症，每年进出医院的患者何止数千，我不过是其中之一，程式化是理所当然的"，可依旧无法消除整个过程中自我仿佛不存在的那种感觉。

　　手术后，住院期间的中后段，时间过得飞快。麻醉药的效用消失后，疼痛感和镇痛剂让我一直昏昏沉沉，几乎没什么气力。什么尊严、屈辱，都是手术前奢侈的想法。接下来几天，我的生活完全被吃喝拉撒和努力恢复填满。护士每天为我测量三次体温和血压，然后在注射剂中加入镇痛剂，接着公开询问有没有排气。因为我做的是吸入式全麻手术，医生说手术后要着重做深呼吸训练，扩张肺腑。住院期间，一直守在我身边的同居人给我买了呼吸训练器，然后反复让我咬在嘴里做训练。我要通过吸气让塑料球浮起来。平常我可是能轻松更换饮水机水桶的人。但由于药劲儿，还有连日只吃流食导致人很虚弱，我竟连几克重的球都吹不起来，无奈地笑了出来。此外，我为何会如此食不下咽？原来我总是因为公司附近的餐食又辣又咸、没什么蛋白质可言而颇有不满，但医院的饭菜不仅清淡且营养均衡。如果可以，以后我甚至想特意买来吃。不过先不说味道如何，我竟连一半都吃不下去。我还要适当地动一动，所以经常挂着注射剂来回走动。在整个楼层转了半圈后，我就感觉人虚脱了，只想一屁股坐在地上。但我可是跑步APP中累计距离有一千多千米的人啊，不仅食欲旺盛、力量充沛，还爱好运动。正因为我很爱这样的我，所以我对于此刻自己的患者模样更觉得陌生和不知所措。

后来气力慢慢恢复，我也即将出院。那一天我看到收拾行李准备回家的同居人，不由想起了我住院前一天的事。那天同居人也是收拾行李，把内衣、洗漱用具、拖鞋等都放到了包里，然后突然说："虽说是去医院，但两个人一起，我恍惚以为是要去旅游，差点把自拍杆都放里面了！"想起这件事，我忍不住大笑了起来，之后便得到了一个教训，那就是手术后大笑很抻肚皮。虽然不是去旅游，但因为不是一个人，这段日子也就没那么难熬了。在我因为疼痛一直昏迷的手术当日，还有被检查生命体征的每一个凌晨，蜷缩在折叠床上的同居人睡得很浅，稍有声响就会清醒。她在我还熟睡时，为我准备好所需的物品。看着她缩成一团的背影，听到有规律的鼾声，我有些心疼。不过我后来才得知，那鼾声竟是来自遮挡帘外隔壁床的病友大叔。我那并不舒适的几夜成为我们共同的记忆，未来很长一段时间可能都会被我们常常提起吧。

  同居人出色地完成了看护人的任务。作为我的主监护人,她知道那个连塑料球都吹不起的我其实是跑完好几次半程马拉松的人;知道我在因镇痛剂变得意识模糊前,也是个幽默有趣的人;知道虽然我现在首要的人生目标是排气,但这并非全部的我。这是她为我带来的最大的影响,我永远都不会忘记。虽然只是短暂的四天三夜,但是在我最虚弱无助的时候,她让我保留了一丝自我,也让我尽最大努力找回了自我。

我们都是女婿

有一次黄善宇与她母亲通电话时，我在旁边大声插了一句："阿姨，小萝卜泡菜太好吃了！""嘘！"黄善宇慌忙捂住电话，示意我噤声。我无声地问："怎么了？"黄善宇又比了比噤声的手势。可能是阿姨听见了，只听黄善宇说："啊，是荷娜在旁边说小萝卜泡菜很好吃。那好啊。不用，一点就行。真的不用做太多。妈，真的一点点就好！"然后她便挂断了电话。"我妈一出手简直大方到吓人……你若说什么好吃，那结果你是承受不住的。"听了同居人的话，我仍有些不以为然。第二天早上我就收到了阿姨的信息："小萝卜泡菜已经寄出去啦。"而在我打开送到家里的泡沫快递包装的那一刻，我终于理解了黄善宇为何会让我噤声。满满一大箱的小萝卜泡菜、小菜、食材、炒面茶等，简直够一支军队吃的了。我们家的冰箱瞬间就被填满了。这还不是自己女儿开口要的，只是我在一旁顺嘴说了一句，阿姨竟然就这么精心地做了如此多的吃食寄给我们。我在心怀感激的同时，也因阿姨出众的能力而目瞪口呆。（黄善宇说得没错，结果确实难以承受。）

海云台区松亭海水浴场旁，有一间我父亲的小写作室。我们经常去那里小住几天。每次去拿取那里的钥匙和家里送来的毛巾、家什之类的东西的时候，我就会跟哥嫂外甥一家吃顿饭。家人相聚时，我父亲喝起酒来总是没完没了，也因此常被家人唠叨。可黄善宇就不同了，不仅大大方方接我父亲倒的酒，也时不时为我父亲斟酒。所以我父亲非常喜爱黄善宇，常对我们说她很会来事，讨人喜欢。有一次我去釜山开讲座，顺便回了趟家。结果父亲好像很遗憾，"怎么……自己回来了？"看来父亲是把黄善宇当成酒友了。听了这话，黄善宇哈哈大笑，说道："我怎么觉得……自己像女婿？"父亲因为她是自己女儿的好友，烤肉时从不让她动手，她只需要吃长辈烤好的。她说些俏皮话，给我父亲敬个酒，便会被表扬。而且每次吃饭都是我父母请客。

我越想越觉得我们是彼此家中的"开心果"。可如果我们各自结了婚，与婆家人相处时也会如此轻松愉快吗？假设是女婿，或许会很受照顾；可若是媳妇，反而还要去照顾别人吧。而我们的处境甚至比女婿还要好。"一起生活的朋友"不仅对彼此的父母没什么义务，还受尽宠爱。我不需要因为吃了阿姨送来的小萝卜泡菜，就为要不要送长辈去旅行而苦恼，或是为长辈家里换新家电。我只需真诚地表达谢意，说句："跟阿姨说太好吃了！"我们都喜欢对方的父母，隔了许久再见便会觉得很亲切，也都感激长辈对我们的善意。这应该也是因为我们对朋友的父母不负有什么义务，而孝顺父母也都是各自的事。

不久前我联系母亲的时候，得知她不小心把眼镜架弄断了。同居人现在的公司正是某个很有风格的眼镜品牌公司。公司会为员工免费提供固定数量的眼镜，所以同居人用公司福利，送了我母亲一副眼镜。她把网站链接发给我母亲，让她挑选自己喜欢的款式。母亲看到上面的价格后，一直犹豫该不该收下这份有一点贵重的礼物。黄善宇对我母亲说反正都是免费的，她才挑选了一个。她收到后还发了个自拍照过来，很感谢黄善宇的心意。如果不是女儿的朋友而是儿媳妇送来的眼镜，恐怕也不会那般犹豫，也就没那么感激了。儿媳妇这么做自然是分内事，但女儿的朋友这么做，就完全是出于好意了。

好意？这难道不是"本心"吗？在尚未被某种习惯和亲人关系以及责任和义务裹挟之前，如对爱人的父母天然怀有的亲切感一般，有对与自己的孩子一起生活的人好一些的父母之心——这个国家所有的儿媳妇、女婿、岳父、岳母、公公、婆婆的本心大体都是如此吧。在我们这里这份本心被完完整整地保留了下来，让我们能够大口大口地吃小萝卜泡菜和烤肉，果然我们才是真正的赢家啊。

咫尺之遥

跟同居人在一起时，我们七八成的时间都穿着睡衣。虽然也有在外面或在家穿外出衣物的时候，但在家时除了睡觉，其余大部分时间也都着睡衣。我们都喜欢睡衣，所以每人都有好几件，比如粉色条纹睡衣，蓝底汽车图案睡衣，柔滑的藏青色真丝睡衣……我记得同居人曾在一篇赞颂睡衣的专栏文章中将睡衣描述为"休憩场合的正装"。在家中穿着一套有质感的睡衣，不仅舒适，还能抚慰心情。我们会穿着睡衣吃饭、看书和写作，当然一律是素面朝天，有时还没洗头。若是见一年偶尔聚一次的友人，还能打扮华丽一些，留下人模人样的印象。但如果每天在一起生活，就只能允许自己暴露不修边幅的一面了。

我至少每天都要出门上班，金荷娜就更夸张了。有时我出门时她穿的是一身睡衣，待我晚上下班回来时，她还是用那身睡衣装扮迎接我。同居人体力比我差，在我看来她大多数时间在过"卧式生活"。她作为播客主持人、拥有漂亮履历的品牌撰稿人、魅力四射的社会人，被其气势折服的人可能想象不到，她在家时经常发呆打滚，我想这也是给自己充电来应对外面的生活吧。最夸张的还数喝了酒的第二天，要么一整天见不到人，穿着睡衣在床上一躺就是一天，要么走出房门吃口饭解酒，不等消化就马上又躺回去。也因我们在一起生活，她才很难隐藏这懒惰的一面。但有一点让我觉得很神奇，就算她在家里滚来滚去，大多数时候还是不忘手里拿本书。

　　我为同居人的散文作品《如何避免用力过猛》写了推荐语。"金荷娜看似一整天只是穿着睡衣洗洗碗或逗逗猫，但没准儿已经神游十万八千里之外了。"正是因为我和她离得近，才能够看到她那些外人不可知的懒散，才能了解她始终如一日的勤勉。尤其是在做读书主题的播客节目时，因为每隔一周会邀请作家对话，同居人总会提前读遍嘉宾的作品。在这个过程中她也难掩容易狂热的本性，经常兴奋地为我读她认为有趣的句子。如果遇到难以产生共鸣的作品，她也会思考很久该如何与该作家展开对话。节目受到了很多听众的喜爱，我也明白了想要主持好播客，不仅要口齿伶俐、机敏有才，还要勤恳认真，这样才会有深度的对话。在邀请《几乎正相反的幸福》的作者南达的时候，同居人将《Acoustic Life》全套十一本都读完了，书里是数不清的便利贴。

有句话叫"人生远看是喜剧,近看是悲剧"。换个词来表达似乎也是成立的,即"人远看高深莫测,近看蹩脚滑稽"。因为没有站在足够远的距离,所以常常会看到彼此蹩脚滑稽的一面。可即便如此,在我心中同居人仍是很酷的人。因为我亲眼见证了她对待生活的认真态度,这是演不出来的。同样地,我如何度过我的时间、对待我的生活,同居人也都看在眼里。这样的想法敦促着我在生活中不敢太过懈怠。我说这话是有证据的,比如某天我说了大话——要写出一篇文章来,可一直拖到晚上,才磨蹭着坐在客厅桌子边打开了电脑。这动力来自我不愿将自己不自律的一面展现给同居人。在我敲打电脑键盘的时候,坐在对面的同居人也穿着一身睡衣,努力为正在连载的随笔作品创作插画。此时,鼻炎加重的她,一边鼻孔还塞着一条长长的纸巾,避免鼻涕流出来。我的同居人这天也在滑稽和令人尊敬之间来回跳转。

重温独居的一周

接下来的一周，同居人将不在家，因为要出差去济州岛开讲座，并且紧接着有一场家庭旅行，是为庆祝她母亲的七十大寿。其间还有几天空余时间，她打算就在济州岛度过。同居的十个多月里，我经常要去国外出差、旅行或回老家，因此不在家的时候很多。这还是第一次只有我一人守着家。这个即使两个人住也足够宽敞的房子里，现在只剩我和猫咪了。起初我还努力掩饰自己内心的激动，这样的自己让我觉得很新鲜。明明两个人一起生活时，我从未感到有什么不便，可突然有机会"独居"，竟忍不住内心雀跃了起来，活脱脱一个已婚人士的样子。

我想起我的好友金成轩，她于二十多岁时步入婚姻，迄今已经过了十五年的婚姻生活。几年前她生日时，先生问她想要什么礼物，她说："你们全都出去，不要打扰我，让我一个人在家清净清净。"我这位一直跟家人在一起，特别是一直在照顾孩子的已婚好友，不想要衣服、包包和珠宝,只想要一段独处的时间。据说越是性格内向的人,越是需要通过安静独处为自己补充能量。家本应是放松的空间,但在有孩子的家庭,女性作为主要养育人就很难得到这样的休息时间。一口之家与多口之家家之间,正在出现孤独的两极分化现象。一直以来,就算房子狭小,我也是独占那里的一切,包括时间和空间,都无须与他人共享。我在迎来"独自在家的时间"时,仿佛收到一份礼物,这真是以前难以想象的事啊。可我现在确实是这样。虽说我也不至于多么渴望独处,但它就好比一个惊喜。

　　下班回家后,我迫不及待地打开体育频道。我们都是来自棒球之都釜山,因而支持的也是同一支球队,所以周围的好友偶尔会聚在一起喝喝酒、看看比赛。只不过同居人对此是有些心理阴影的。这来源于她那过度迷恋棒球的球迷父亲。在和父母一起生活的二十多年里,客厅电视大多数时候播放的都是棒球赛,这让她感到并不舒适。无论球队是赢还是输,同居人的父亲都有理由情绪激动到难以自控,让周围人也跟着不好过。我看到很多这样的球迷,所以我完全能理解。不同于同居人,我就算不认真看,也喜欢一直播放着比赛。随着比赛的推进,解说员的语调忽高忽低,观众席上的尖叫声也是此起彼伏,这对我来说就像是一种白噪声,我很喜欢。第一天晚上,我看完釜山队的比赛后,紧接着看了其他队的，然后又继续看棒球新闻秀和精彩集锦，来了个"转播全家桶"。久违的电视声弥补了客厅因为少一个人而略显空荡的感觉。

马上就是很长的中秋假期了，而此时工作也更忙了。在同居人不在的这段时间里，我自然想着约一约其他朋友。可现实是我在采访、工作电话中忙得焦头烂额，到家后往往累成一摊泥，哪里还有什么心思约其他朋友。在公司我要不停讲话，回家后能够不再开口让我觉得放松了不少。一个人看看电视，随便吃口饭，再给猫咪喂食，收拾它们的卫生间，然后简单收拾和整理一下房子，一天也就过去了。棒球赛看个一两天还好，再看也没那么有趣了。心里想着爱干净的同居人不在家，那乱一点应该也无妨吧。可偏离往常的生活其实也没让人有多开心。那个由同居人牵头设计的家庭规则，是为了让家变得更温馨，其实做起来也并不烦琐，并且我也已经习惯了这些规则。高效且最小限度地动了动身体后，我就躺着度过了大部分的时间。家里没有人打扰我，也没有人担心我。一如所想的那样，我度过了平静的几天，就像此前二十多年的独居生活那样。不过那一周，我这个很少感冒的人，居然因为重感冒而卧倒在床。

结束了出差和家庭旅行的同居人终于回来了，我便前往金浦国际机场去接机。大厅屏幕上显示着一大片的"延误"航班。原来是济州国际机场有一架飞机的轮胎破损，跑道只能暂时关闭。此后的航班不是返航就是出发被延误。我坐在通向大厅的塑料椅子上等了很久，也陷入了久久的思索，想的是过去十个月的同居生活为我带来的变化，还有这一周的时间里我身上再次消失的那些东西。"他人"这个存在必然会给人带来麻烦，偶尔也会像那架破了轮胎的飞机一样，会导致跑道关闭等不可预测的事故。同居人不在的这一周，我的生活非常顺利、游刃有余且高效，但是也失去了很重要的东西，那就是欢声笑语。我想我是因为工作过于劳累才患上了重感冒，但是心中还是悄悄冒出了一个假设——有没有可能是我一个人吃饭随意，精神也一直紧绷，还没了平常愉快的玩笑话，才致使免疫力变差了呢？其实那些能消解生活中积累的压力、紧张和担忧的，不是什么了不得的事，反而是小小的打闹，无关紧要的玩笑，还有不够诗意的话语。歌曲《想要拥有》中有一句歌词，"每天都想用并不诗意的话语结束一天"。任何人都希望能有这么一个人——你不必只和他说有用的话，而是能不经思考地说些废话或是无关紧要的话。

　　一群见习旅行回来的初中生在大厅里解散，一团嘈杂中我看到了个头和初中生相仿的一个女生露出了她圆圆的脸。骑自行车摔伤了膝盖，我都没流一滴泪，这一瞬间我的眼眶却莫名湿润了起来。那个愿意在一天即将结束时，听我讲白痴一样的玩笑话和不诗意的话的人，回来了。

破坏之王

希腊神话中有点物成金的米达斯之手，我家则有"点物成废"的黄善宇之手。如果用四个字概括我的人生，便是周星驰的电影名"破坏之王"。我还想起了诗人黄芝雨的一首诗："好悲伤／所有我爱的地方／皆已是废墟。"虽然我不是故意要破坏什么，但当我的几种特性比如大大咧咧、毛毛躁躁和力大无比，融合在一起产生某种化学反应后，便总是带来悲伤的结局。所以我总是会在没想清楚结果时，就火急火燎地铆起劲儿，东西不坏都难。

我不善于整理收拾，也不太会鼓捣机器，所以常常一不小心就把费力买回来的东西弄坏。跟同居人住在一起后，家里就有了两台沃拿多小型空气循环扇。我看到同居人过了夏天就将风扇拆卸下来，清理干净灰尘并重新组装后才保管起来，方才恍然大悟。原本我只是模模糊糊地觉得可能该这样做，但是每年夏天过后，我总是忙于其他事，还没来得及清理空气循环扇，转眼便又是夏天了。那些来到我身边却未能尽享天命便夭折的家电——愿你们能够安息。大概是因为进了猫尿才出故障的除湿器，以及不知为何无法正常使用的无线吸尘器等，都是搬家后在同居人的主导下被扔掉的东西。现在还有几台很久未用的笔记本电脑尚未处置。经常弄坏东西，可又舍不得扔……写着写着自己也觉得怎么会有这样的人？但没错啊，这就是我。同居人与我恰恰相反，只购置需要的东西，并且大多保存完好，一用便是许久。她还很爱读《工具和机械原理》之类的书，常常沉浸其中。所以跟她一起生活，我受益匪浅。可反过来想，同居人恐怕就有些难受了。

初冬时我们买了一台暖炉。我觉得电炉足够用了，但是同居人坚持要买燃油暖炉，因为她觉得通过电阻产生的假火和真火有本质的区别。我从一开始就决心在挑选和购买电器时一概听从同居人的，所以也就一下子被说服了。果不其然，它暖和得不得了。虽然我有些担心燃油暖炉有安全隐患，但只要小心使用、勤通风，就不会有什么问题。这个暖炉有两点令我爱不释手。一是只要打开它，家里的猫咪就会围绕在它的周围慵懒地舒展身体。二是我们可以在高温的顶盘上烤任何东西吃。放上水壶烧水时，蒸汽翻滚着升腾的场景，为冬季的家平添了一丝温馨浪漫的氛围。如果一整个橘子放在上面滚几遍，就会散发出温暖香甜的烤红薯味，吃起来可是别有一番味道的。不过说到烤红薯，那才是最适合放在炉子上烤着吃的美食。用锡纸包好的红薯，烤上三十来分钟，吃进嘴里真是入口即化，全身都变得温暖了。它不愧是冬天最美味的零嘴。

一天晚上，我们像往常那样把红薯放在炉子上烤，突然闻到一股焦味。因为锡纸不够，红薯包裹得就不够严实，所以红薯汁就从缝隙里滋滋往外冒。闻到味道的同居人说："有一股焦味，红薯是不是流出什么东西了？"我也不知道自己为何在那一刻没有坦白，想来是闯祸后先隐瞒的人性在作祟吧，或许也掺杂着想要护住红薯的动物本性。总之，我撒了个转身就会被揭穿的谎。我的计划是先把红薯吃掉，然后在没被发现时把炉子擦干净……但是我一不小心就陶醉在红薯的美味中，瞬间就把脏了的炉子抛诸脑后，对于毛躁的破坏之王来说，完美犯罪什么的果然是不存在的吧。炉子上红薯汁的痕迹还没来得及被我偷偷擦掉，就被同居人发现了。"这个……你刚才难道是看见了却没跟我说吗？"根据同居人后来的描述，我当时的眼神有些可疑的躲闪。

同居人没有多说什么，只是默默地拿起浸湿的厨房抹布擦拭炉子上的痕迹。虽然我想揽下这活儿，但是比破坏之王更糟糕的是因为谎言被揭穿而失去了信任的破坏之王。我有些不知所措，只能在同居人努力擦掉污渍的过程中安安静静地坐在旁边，像是在心中给自己罚站。擦了好久还是无法彻底擦干净，同居人起身去拿小苏打和醋沾湿污渍的位置后，就进了卫生间。卫生间传来了规则的刷牙声，它飘进我的耳中让我越发坐立不安，因为那声音仿佛透露着愤怒。愤怒是应该的。从卫生间出来的同居人重新回到炉子边，又开始擦了起来。这次的声音就像用砂纸在我耳边磨一样，听起来很是暴躁，可我也只能忍着。只是这个瞬间竟是如此漫长啊。

　　如果在厨房烧焦了什么东西，大家一定要记得用小苏打和醋这个组合。在它们俩化学反应的帮助下，烤焦红薯的污渍终于被彻底清除了，我也得到了彻底的宽恕，且顺带学到了一个新的生活小常识。我的同居人不仅是清洁能手，还心胸宽广。作为对我的惩罚，她只是让我洗干净抹布，并禁止我以后独自在家时在暖炉上烤任何东西吃。红薯事件就此翻篇。终于松了口气、感到庆幸的我，便开始浮想联翩：在平行宇宙中独居的另一个我是怎样的呢——那里没有爱干净的同居人，只有独自烤着红薯吃、多少显得有些孤寂的破坏之王，烤红薯时流出的汁水一层层附着在暖炉上，因而没多久暖炉便坏了。啊，那个平行宇宙中的冬日景象，真是凌乱且凄凉啊。

同居真好

一个人生活时,刚躺下准备睡觉,家具木材开裂的声音或玄关处的脚步声,就会令我瞬间清醒。我会起身反复确认门窗是否都锁好了,猫咪有没有好好睡,才会再回到床上。但这时也已经睡意全无了。为了第二天的状态,我努力让自己尽快入睡,可越是这样,脑子里就越会钻入杂七杂八的想法,也会变得更加不安,时而因想起过去大大小小的糗事而懊恼地在被子里直踢脚,时而又担心第二天若是不顺利该怎么办,有时也会因想起此前打扫时漏掉了什么而开始自责。就这样,睡意渐渐离我远去,而我那些杂七杂八的思绪一缕复一缕地无尽绵延。跟现在交往的人能够在一起多久?这个工作我能做到多少岁?我如果病倒了,我的猫怎么办?……我以前读过某本有关大脑科学的书,书中说这类负面的想法不会在流入大脑中的闭路后消失,而是会像转轮一样永不停歇,且会有更多负面想法被卷入这转轮中。这样一来，有时甚至就会想到天亮，导致第二天一整天都要努力睁着一双干涩的眼睛，疲惫异常。家中只有我一人，家庭的安危也全系在我一人身上，这让我更加不堪重负和不安。一个人生活，就像是一年四季都开着暖气，总是在不必要地持续消耗着能量。

跟其他人一起生活，最大的好处就是有了一个很好的转移注意力的对象，这会让自己避免过于专注或被不安吞噬。一边削水果吃，一边闲聊几句，就能在无形中抖落掉抑郁感和不安感。一起生活时，随时都在发生这样的事，因而是没机会被负面情绪侵蚀的。仅仅是家中有其他人这个事实，便能让人内心平和。不，也不一定要有人，只要有个人总是会回到这个家里就如此。刚开始我便说过，我很喜欢独居，即便一整天不开电视，我也能与自己相处得很好。可这就好比一个人原本习惯了独自旅行，但后来跟其他人一起旅行时，才惊觉自己过去处于多么紧绷、多么警惕的状态。同居后，我的失眠瞬间被治愈了，我甚至一度嗜睡到让自己有些担忧的地步，同居人也是如此。

转移注意力是不错的方法，只不过同居人经常会掠夺我全部的注意力。只要是黄善宇碰过的东西，便会坏掉、变脏或出故障，她的名字也是令我胆颤的破坏之王。她在家里一不小心就会撞到哪里，或是把什么东西洒出来。黄善宇就像还没长大的黄金寻回犬。据说那些个头很大、性格开朗乐观且单纯的男友被称为"大型犬男友"。而我好似在跟"大型犬女性友人"一起生活。弄坏东西还好说，可有时大型犬自己也会被伤到，这不免让人心疼。有一次，同居人在阳台收拾猫咪的卫生间，然后起身时腰部一不小心就撞到了安在低处的水龙头上，疼得满地打滚。所以后来我就用刀划开网球，把它套在水龙头上，这也算是个安全装置。再后来黄善宇可能会撞到的家里各处地方，都被我用网球罩了起来。我们把它称为威尔胜作业，因为作业材料就是威尔胜网球。

但是在家以外没办法实施威尔胜作业的地方，破坏之王也常常会经历自我破坏事件。有一次我们一起在济州岛旅游，一早黄善宇便出门去偶来小路跑步，这是为了半程马拉松做准备。可是过了很久，她还没有回来。正在我开始有一些担心的时候，我听到有人敲门。我刚开门，就被黄善宇挡住了，门只开到了十厘米。黄善宇给我打了"预防针"，让我看到她后不要被吓到，我开门后看到她半边身子满是泥泞，瞬间就被吓得泪水直流。原来她在跑步时，踩在残留雨水的黑碎石道上，一下子就滑到了，不仅膝盖摔到内陷，还浑身到处都是擦伤。在那之后，我每天早上第一件事就是带着一瘸一拐的她到西归浦的诊所治疗。我想经过这次以后，应该不会再发生类似的事了吧，毕竟她也不是跑两步就会跌倒的孩子。然而，后来黄善宇还在骑车时摔倒以致膝盖骨裂，在公司被卫生间的门伤了脚踝并缝了十一针……每次都是我将将要忘记,就紧接着又发生新的意外,抢走我所有的注意力。每当这时我都会被吓到涕泗滂沱。我第一次见到成年后还会这样频频因为摔倒碰撞而受伤的人,也第一次知道自己会因为朋友受伤而流泪。

但除了这些磕磕碰碰,黄善宇仍旧是我所认识的人中供我转移注意力最棒的对象。我对保持运动习惯的人一直怀有好感,因为我喜欢充满活力和红润的面部透出的健康能量。身边如果有在家到处碰撞着做拉伸或肌肉运动,穿着紧身运动裤跑步,在家门前体育中心学习芭蕾、体育运动、瑜伽的寻回犬,哦不,是人,那么这种活力甚至会感染身边的人。黄善宇始终保持着运动习惯,我也想被笼罩在她的健康能量磁场之下,受到积极的影响。这也是我想跟她同居的原因之一。

我在西村、三清洞等四大门[1]辗转生活了十五年,当我身边有了充满活力的同居人,还有了汉江边这个新的环境之后,我便也开始逐渐有了新的变化。每天都抱着一本书、只喜欢在小巷子里慢慢散步的我,开始学起了游泳和骑自行车。在因某件事而不得已暂停游泳培训前,我已经是高级蝶泳班的学员了。此外,我已经能沿着汉江边轻松骑行三五十千米了。一个人的改变无法仅靠自

---

[1] 指朝鲜时期首尔的东、西、南、北大门,即兴仁之门、敦义门、崇礼门、肃靖门。

身意志啊！跟谁一起生活，在哪里生活，也是一个人的人生中的重要变量。

但是等等，某一天我骑车时……

看到同居人打来电话，我停下车接了电话。

"在骑车？到哪里了？"

暮色已经降临，我环顾四周，发现江对岸有霓虹灯拼出的"中央大学医院"几个字。

"在我们被诊断为肥胖的那个地方的附近……"

我们虽然在充满活力地运动，但也在充满活力地摄入食物，因而我们在同居后的第一次体检中，双双都被诊断为肥胖……我们好吃，好动，也好睡，不过我们好似应该少吃一点，再多动一动。

同居人不仅体力强盛，还天性勤勉。过了四十岁，体力和勤勉便会直接挂钩，因为勤勉也需要好体力支撑。一起喝酒的第二天，我睡到很晚才起床，吃点东西解酒后，会再躺到床上。而反观同居人，她已经早早出门上班去了。就算是休息日，她也会先起床，精神抖擞地做些家务，甚至还会出门跑步。所以我多少也有些看眼色，当然此处是积极含义的眼色。就算是在大冬天寒冷的清晨极其不愿意离开被窝，但为了不让同居人觉得我意志薄弱，我还是会坚持去游泳馆。就算有时想假装忘记自己要赶稿，只想一整天窝在家里什么都不做，但因为不好意思让同居人看到自己这样的一面，我还是会强迫自己打开笔记本电脑。家中有一个值得尊敬的人，远比有一个唠叨鬼更能给人动力。就这样，我因为在乎同居人的看法，总是会做些什么，不过由此带来的成果却又完全是属于我自己的。最后我不仅体能提升了，还取得了各种成果，这为我带来更强的喜悦之感和更大的动力。所以能够拥有引以为榜样的同居人，我异常感激。

同居人在杂志社工作了二十余年，在其中一家公司就待了十三年。从创刊开始，连续十三年每月坚持发一刊，写高质量的稿子，采访，拍海报或视频……我从未见她偷懒耍滑，她始终勤恳认真地完成自己的工作。对于这些我都是一个月又一个月看在眼里的，因而才敢这样说。黄善宇辞去 *W Korea* 的总监一职后，在家休息了两个月（这两个月我们一起去夏威夷和泰国华欣尽情戏了水），然后在进入新公司工作的第一天，我主动提出要开车送她上班。看着她的背影，看着她踏进新的职场，我忍不住想为她用力鼓掌欢呼。这就是我那勤勉、充满活力和值得信赖的大型犬同居人。

望远洞的小日子和自行车

"一开始骑,我就完全停不下来了!"

有一段时间,我一下班回家,同居人就会满脸兴奋地跑来跟我分享今天骑了多远。从位于成山大桥旁的望远洞的家中出发后,骑行距离逐渐从铜雀大桥到圣水大桥,延长为铜雀大桥到清潭大桥,一次比一次远。而无法停下来的原因也是五花八门,要么因为阳光太耀眼,要么因为清风拂面太过凉爽,要么因为头顶飘过的云朵煞是好看,要么因为项目结束而开心极了,要么因为"Hawaii Delivery"曲库的音乐太棒了……"我原本以为自己很了解如何玩转首尔了,但还是会有新的发现。"她眼中闪着光,告诉我当她骑到潜水桥中间的小坡上,然后夹在汉江水之间一冲而下时,或停下来看夕阳从汉江缓缓落下时,那种内心满满的充实感真是难以言喻。对于金荷娜来说,我那种为了生存或为了运动而运动的力量训练、跑步是有些乏味的,她偏爱骑自行车,还一直不断打破着自己的纪录。匠人不会嫌工具不好，她的自行车已经有十多年的历史了，但她对此也没有任何不满。

从刚开始决定搬来并试图慢慢熟悉望远洞的过程中，我发现这个地方四处可见骑自行车的人，这很像在北京或阿姆斯特丹才能看到的场景。比较过去我生活的上水洞，望远洞不仅更为开阔，而且大多是平地，很少有坡，非常适合骑自行车。因为市场就在中心位置，所以我总能看到阿姨或老奶奶慢悠悠地骑着轮子很粗的自行车买完菜回家的样子——歪着的车篮里横出一捆大葱或放满了土豆。这种无形中产生的氛围，让人觉得望远洞是很适合长久生活的地方。还有我搬家后才发现，就连干洗店大叔也会把洗好装在防尘袋里的外套、衬衫等一股脑儿扛在肩上，像表演特技似的单手轻快地骑着车到处跑。这在望远洞便很合理。

所以在望远洞生活了大约一年后，选择自行车作为金荷娜的生日礼物就是很自然的事了。确定了品牌后，我们一起打车到实体店去挑选型号，最后我结了账。拥有了表面油亮的TITICACA黑色小自行车后，金荷娜瞬间情绪高涨，脚下生风般骑着车就往前冲，只留我一人呆愣在原地。她就这样把离家足足有四个地铁站的路程骑完了。（金荷娜的生日是12月16日，那年冬天寒流肆虐，异常寒冷。）

虽说一起迎风骑行会更美，但我对骑自行车着实有些恐惧。我的折叠自行车与金荷娜以前的那辆差不多，也将近用了十年。轮子小，不稳定，稍稍转动把手都会让整个车摇摇晃晃。如果汽车突然驶出胡同，或者玩耍的小朋友突然跑过来，我便无法轻巧地避开，必须要急刹车停下来才行。在一次骑着它去喝醒酒汤的路上，它翻了个底朝天，导致我膝盖骨裂，此后我骑车就更加小心翼翼了。所以在另一种意义上，次年春天我生日时，她选择送我自行车也是再自然不过的事了。我不知为何一直拖了好几个月，最后禁不住同居人的不断催促，我们再次走进了那家自行车店。我也选了型号类似的TITICACA自行车。因为我没有信心骑回家，回去时便把折叠好的自行车放在了汽车上。

有了新自行车的那年秋天，我也变成了过去我所认为的有点浮夸和矫情的那类人，开始骑自行车上下班，因为我后来才发现从家到公司最快的方式居然是骑自行车。坐社区公交车需要三十分钟，出租车则因为距离太近很少愿意接单，而骑自行车只要十五分钟。我不是匠人，只是菜鸟，可以理直气壮地拿工具不好当借口。换了性能更好的新自行车之后，我的恐惧也消失了。就算出现障碍物，我也能调节速度，轻松躲避，并且七档变速器能让我毫不费力地骑上坡路。这时我那充满爆发力的结实大腿显得更惹人爱了。我甚至开始懊悔为什么没有早一点骑车上班。就像我原本是可以躺在床上的，却偏偏要坐着。

　　开车或坐社区公交车时，扑面而来的世界拥有着不同的速度和框架。而骑新自行车带给我的体验类似于享受杜比全景声。上班路上，阳光洒在身上是那么温暖舒适，等待绿灯时拂面的秋风又是那么凉爽惬意。这一刻我突然醒悟：啊，原来是因为这样才无法停下来，才会一直骑到四十千米远的清潭大桥啊。当然有很多比自行车贵重的礼物，可若说哪样能给我们带来这么丰富的话题，怕是也找不出第二个了。我们分享了有关汉江、家附近的巷口胡同、晴朗的天气、结实有力的大腿、愉快地上下班等方面的感悟和心情，更理解了彼此有些浮夸和矫情的行为。

如果我们就此分离

打开找房APP查看房子，是我与金荷娜大吵一架且还没和好之前，我为了平息内心的愤懑常常会偷偷做的一件事。"我自己也能过得好。实在不行就一拍两散吧！"我会憋着一股气看看那些比现在的房子更小、大概六十平方米，适合一个人居住的公寓。或许真会有那么一天——我们大吵了一架，或其中某个人结了婚，或彼此的人生旅途走到了岔路口，所以不得不分开。我想我们应该提前设定原则，这样未来我们就可以好聚好散了。这就像为了终有一天会离开人世而提前准备好遗嘱、安排好周身的一切那样。当然这件事还只停留在思考阶段。

我们同居后，那些重复的东西都只留下了一个，这些可以直接物归原主。比如前木工黄英珠设计制作的书架就归金荷娜，被留下的有漂亮白色边框的电视，以及母亲祝贺我乔迁送的冰箱归我，还有阿姨买的空气净化器归金荷娜。比较令人头疼的是，我们共同购置的家具，以及收到的礼物该如何分配。比如客厅的桌子、安乐椅、一起挑选的照明灯、琴叶榕等，折射出了我们共同的喜好，也蕴含着我们生活中点点滴滴的回忆。我想这些东西应该分给我们当中更珍视它们的人，但一想到它们最后会迎来各不相同的结局，就感到有些凄凉，很有一种破产后家里被贴了封条的感觉。

"肯定会有先提出分开的人，可能是实在忍无可忍，也可能是遇到了命中注定的爱情。但先提出分开的一方就要彻底放弃对家居物品的处置权！"

写这篇文章时，我问了金荷娜，她很爽快地回答了我，似乎很确信绝对不会是她自己，也可能是因为她不似我那样恋物。总之，可以确定的是，我们都没想过一个人留下来，然后重新找一个同居人继续生活。我们会像购房时那样，一起将房子处理掉，然后再各自寻找自己想要的房子。

至于物品的最终归属，我们一致同意物尽其用的原则。而且我们要住得近一些，以便能随时看到猫咪。这个原则是为了人，也是为了猫。彼此如家人般陪伴多年，猫与人之间的感情也愈加深厚。金荷娜带来的猫和我带来的猫，对彼此来说都成为很重要的存在。如果我们由于某些原因要分开了，自然是很伤心的，但是就算向它们解释也听不懂的猫咪会更为讶异吧。虽然每次旅游或出差时，都有很多可以帮忙照看猫的朋友，但是曾一起生活多年并看着它们成长的我们俩，才是彼此最适合代为照顾猫的人。比如猫做过膀胱手术；进入浴缸就代表口渴了，要打开水让猫喝个够；如果被投喂太多饲料，会吃得很急，还会呕吐；如果走路半伏着，就是因为没有正常大小便而觉得不舒服……没有人比我们更了解、更能照看好它们了。

我看着新公寓的价格，会觉得房地产价格是越来越高，会想到搬家是多么麻烦，会想到需要买各种各样的东西……想起这种种麻烦事，总是会绝了搬家的心思，并且暗自决心跟金荷娜好好过日子。和好之后就更别提了。就像村上春树说的那句话，"结婚这东西，好的时候特别好"。我们要好的时候也是非常好的，会为无聊的事笑到停不下来，会互相分享音乐，会拓展彼此的喜好，会像一对白痴一样手舞足蹈，会在一天结束后感到筋疲力尽时相互鼓励，让你觉得你还是那个很好的自己。人生中会有多少次幸运，让我们能反复遇到这样的人呢？想到若是换同居人，就要再经历一次磨合、吵架、把东西整合到一起、扔东西、因为一方不愿意扔而再吵架这一系列过程，我就已经很头大了。更重要的是，哈库、跳跳虎和吾郎、永裴这两对会各自分开，从此永远都见不到彼此了，并且完全不明白这是怎么回事。如何让它们理解这件事呢？根本没办法啊。

虽然我们终有一日会迎来我们的结局,但我还是想让它尽量来得晚一些。我可没有想过要让出对家居物品的股权。

小家庭与大家庭

我无数次提及我们家有四只猫，但其实不止四只，还有咕噜和毛毛——它们是楼下李雅丽家的猫，以及离我们家不远的插画师金虎家的枕果。除了猫，我们家还有狗，比如黄英珠家的达勋，同一社区医生洪艺媛家的小夜猫。它们都住得很近，我知道它们的样子，也了解它们的性情。当有谁旅行不在家时，就可以借这个关系网寻求帮助，比如收拾猫咪的卫生间，或带狗狗散步。经常旅游的洙君昼星夫妇如果长时间不在家，我们就会去他们家给植物浇水。如果我们不在家，那住在同一公寓的李雅丽或金敏洙就会来照看我们家的猫。黄英珠每周带着年纪很大的达勋去一两次医院时，我就会开车送她。西坝混种狗小夜猫是洪艺媛通过某个动物保护组织领养的。它的可爱曾惊动整个小区，这也是我们共同的回忆。所有人都会时不时去附近的巴塞罗那酒吧喝酒。

小区的咖啡店也很值得一提。我在望远洞最爱的

两家咖啡店是Small Coffee和Daeroo Coffee，它们都小巧、有氛围。有一次，Small Coffee的老板突然送我一包海苔。我用海苔包着饭吃的时候，不禁想这个社区真是温暖又充满人情味啊。有一次我们去合井的餐厅，因为附近没地方停车，我打算将黄善宇送到餐厅门前，再将车停在附近一家商场，然后再走回餐厅。有两个正在往商场走的人好似在跟我打招呼，我定睛一看，他们不是Daeroo Coffee的老板夫妇吗？"我们要在附近一家千层面店吃饭，以前没去过，过来这边停个车。""那里的食物很好吃的！"简单打过招呼后就互相道别了。当我们坐在餐厅里等着上菜时，看到有人朝着我们走来，他们是Daeroo Coffee老板夫妇。"金老师，您不必特意进商场买些什么。"他们说着就把购物小票塞给了我们，便转身走了。他们是想帮我们省去停车费用。天啊，怎么会有如此善解人意的人。

在这里，我们家六口子并不是一座孤岛，而是望远洞这个充满善意和氛围轻松的网络中的一个模块。比起因为血脉相连而偶有联络的亲戚，见到这些人反而会更加开心。而且比起出于血脉相连的照顾，这种善意更清澈、温暖。

不久前，洙君在上班的路上发来信息，说婆家送来了自家种的土豆和洋葱，她已经用"电梯快递"送上去了。"电梯快递"是洙君家和我们传递物品特有的方式，是无须人亲自送、只需把东西放在电梯里便能相互传送的系统。最开始是在某个深夜回家的路上，我收到了切块蛋糕礼物，想着给洙君家送点，可又担心打扰已经换上舒适的家居服休息的两人，所以只告诉他们"我用电梯送上去，去取一下吧"，然后就将蛋糕放在了电梯里面。自此之后，我们开始随时用电梯给对方送水果、红酒、小菜、借阅的书等。收到洙君的"现在电梯正在上行"的信息后，电梯刚好到达我们家这一层，"叮——"的一声门开了，我看到满满一大袋子的土豆和洋葱。金敏洙让我拿一些，然后把剩余的送到巴塞罗那酒吧。在有巴塞罗那酒吧前，金敏洙和黄英珠通过我认识了彼此，现在已经是相交十多年的好友了。我骑车将土豆和洋葱送了过去。两天后我接到了黄英珠的电话，她说用那些食材做了好多咖喱，让我过去吃。金敏洙婆家的土豆和洋葱，摇身一变成为黄英珠咖喱饭，被社区邻里分享着。

公寓里除了洙君夫妇，还有另一对我熟识的夫妇，他们就是前面提到的李雅丽、金韩星夫妇。我们称他们俩为"雅丽塞翁"夫妇。雅丽塞翁夫妇与他们的同事共同运营的设计工作室BATON，也是我的合作伙伴。以前他们也住在西村，我们一来二往就熟悉了起来。在认识我之前，李雅丽和黄善宇就是好友。平面设计师李雅丽在我离职后，曾经在李岱艾广告公司实习，所以也认识金敏洙。而且李雅丽也是被金敏洙家吸引，才选择搬到了这里。总共只有五十多户的一栋公寓里,竟有三家彼此是好友。雅丽塞翁夫妇甚至都不需要用"电梯快递",因为我们在同一单元,中间也只隔了两层,所以我们之间运营的是"门把手快递"系统,常常发一个短信"给你挂在门把手上了"。雅丽塞翁家有两只猫,所以我们旅行时,把猫交给他们也非常放心,而且因为彼此的家很近,也不会特别麻烦。

雅丽塞翁夫妇的办公室就在巴塞罗那酒吧所在的建筑里(据说员工变多了,即将要搬家)。说起来也巧,我的一位前辈是这栋建筑的主人,而我们大家都是酒友。酒友的朋友向来不分你我,你的朋友就是我的朋友。我去巴塞罗那酒吧吃黄英珠做的咖喱时,雅丽塞翁夫妇跟一群朋友还在那里喝酒呢。

上周六,昼星出差了,所以我和同居人让洙君晚上来跟我们吃。我们三人在社区里晃晃荡荡,找了家饺子火锅店解决了晚饭,然后就去了巴塞罗那酒吧。那天我是人逢喜事,正想请大家喝杯红酒。但喝酒嘛,来来回回请人喝酒的由头总是很多,不出意外地,我们又不知不觉喝到了很晚。夜深之后,下班的雅丽塞翁夫妇也出现在酒吧,自然而然地加入了我们。到了夜里一点,我们喝得差不多了,跟黄英珠老板道别后,我们五人就一齐朝着同一栋公寓走去,走了约莫二三十分钟。那是一个秋风凉爽的夜晚,我带着些醉意与朋友们一起走在路上，内心很是惬意。我们不需要送彼此到出租车上，而是真的在各自家门前道别，很像是过去住在同一个村子里的人们那样亲热温暖。从乡下寄来的土豆和洋葱变成了咖喱，并被大家分享。一周的工作结束后，我们会自然而然地聚在一起，抚慰辛苦了一周的彼此。我们会帮忙照看彼此的猫和狗，还会在各种小事上想到彼此。我们正在一起度过人生中很美好的时光。而现在的我，正就着金敏洙婆家送来的香酥花生写着这篇文章。

常伴我身侧便是家人

临近冬天,我收到了公司管理部门统一发送的邮件,内容是公司将提供医疗补贴,让员工11月接种流感疫苗。如果员工得了流感,不仅会影响生产力,还可能传染给其他同事,为此公司想要提前预防。除了员工本人,公司还为其家人提供流感疫苗接种补贴。一起生活时难免会有被家人传染的情况,因而鼓励一家人一起接种也是很合理的想法。在公司指定的内科诊所接种后,我在拎着麻酥酥的胳膊回去的路上,想着如果同居人也能享受补贴就好了,其实我觉得理应如此。虽然没有法律文件能证明我们的关系,但是她实实在在是与我共同生活的家人。

我的一位好友与恋人同居,两人都不打算结婚,共同养着一只狗。他们已经维持了数年这种经济共同体关系。某一日凌晨,其恋人因痛得厉害便去了急诊,当时需要立即住院接受手术,而我的好友作为监护人在身边看护了几天。不过她在填写与患者关系的材料时，发现只有亲属关系的选项，所以她说自己不得不写"友人"。此外，代收寄到家里的挂号信时，也无法证明自己与恋人之间的关系。在生活中，她总是会遇到诸如此类琐碎又尴尬的事。

社会上确实存在这种难以在材料上分类的关系。如果我现在突然生病需要手术，那么比起远在釜山年迈的母亲，在我身边的同居人更适合做我的监护人，而我也准备好在同居人生病时照顾她。如果填写医院的材料时，有比"好友"更能表述彼此责任与义务关系的词汇，那么就能够解决我和我那位好友所面临的很多问题了。我想了想，"生活同伴"如何呢？

也正是因此，正在被讨论的《生活同伴法》才会涉及允许指定的同伴抵扣所得税、登记为健康保险被抚养者、阅览医疗记录等内容吧。这与法国正在施行的《公民结合契约》有些类似，根据《公民结合契约》未结婚但一起生活的同居人可享受相应税金优惠和社会福利。职场人年末申报个税时，最多可以领取十万韩元的政治补贴。我每年都会选一位能代表我的利益的女性政治家，给予十万韩元的政治捐款，这是我个人的习惯和坚持。几年前，我对努力推进提案《生活同伴法》的共同民主党议员陈善美给予了政治捐款。对于《生活同伴法》是否会否定或动摇传统家庭关系的提问，陈善美如此回答："威胁传统家庭关系的不是某种制度，而是家庭成员无法在生活中相互扶持和照看的严峻现实。而《生活同伴法》是鼓励人们能够在生活中如家人般彼此扶持照顾的家庭激励法案。"

一口之家越来越多，而未来还会更多。人们实际生活方式的变化，比法律、制度或观念都来得更快。就像在一个职场干到退休、终身只有一个职业的雇佣和劳动范式已经坍塌，未来将会有越来越多的新型家庭关系出现，而它们将全然不同于以婚姻和血缘相连接的传统家庭关系。同时，人们的预期寿命正在不断提高，已经有望达到百岁。未婚同居的不仅仅是情侣，还有离异人士，或经历生离死别后独居的中年人、老年人，未来这些群体会越来越大。他们也可以像我和同居人这样，与自己的同性友人相互扶持着生活下去。那么社会福利政策该往哪个方向发展呢？我希望它是足够包容的，这样不论是关系相对独立的同居伙伴，还是心心相印的同居情侣，都能够在需要时成为彼此的监护人。

承诺一生相伴、从此不离不弃的婚姻固然美好，但即便不是如此，如果能够在某一段人生旅程中与他人相互扶持和依靠，不也是很温暖的事吗？如果想让每个人都享有这样的福利，那么就应该有法律和制度的支撑。只有当不同以往的更加多元的家庭形态稳固和健康地在社会中存在时，由其组成的社会的总体幸福感才会更大。